W0401088

DANS LES YEUX
DU CIEL

RACHID BENZINE

DANS LES YEUX DU CIEL

roman

ÉDITIONS DU SEUIL
57, rue Gaston-Tessier, Paris XIXe

Pour la citation en exergue :
Mahmoud Darwich, *État de siège*
Traduit de l'arabe (Palestine) par Elias Sanbar
© Actes Sud, 2004

ISBN 978-2-02-143327-2

© ÉDITIONS DU SEUIL, AOÛT 2020

Le Code de la propriété intellectuelle interdit les copies ou reproductions destinées à une utilisation collective. Toute représentation ou reproduction intégrale ou partielle faite par quelque procédé que ce soit, sans le consentement de l'auteur ou de ses ayants cause, est illicite et constitue une contrefaçon sanctionnée par les articles L. 335-2 et suivants du Code de la propriété intellectuelle.

www.seuil.com

Je crierai dans ma solitude,
Non pour réveiller ceux qui dorment,
Mais pour que mon cri me réveille
De mon imaginaire captive !

Mahmoud Darwich, *État de siège*

1

Il n'y a pas de Roméo sous ma fenêtre. Je ne suis pas Juliette.

Sous ma fenêtre, il y a des milliers de personnes descendues dans la rue pour protester. Aujourd'hui, c'est aussi hier. Depuis des semaines la même chanson. De nouvelles journées, de nouvelles tueries. La troisième immolation du mois. Au prix où est l'essence, se suicider n'est pas donné. Cette fois, un journaliste. L'autre fois, un marchand de poisson. Avant, un étudiant. Demain, une adolescente violée, abandonnée par sa famille. Tous à l'image de notre société.

Pourtant j'aime tant mon pays. Ses gens. Grandiloquents, perdus dans leurs certitudes, ignorants mais généreux jusqu'à l'oubli de leurs propres désirs. Un pays, ses gens. Meurtris. Meurtris mais vivants. Et d'autant plus vivants désormais que c'est la révolution. La nôtre. Celle de tous les espoirs.

Chacun a le sien. Son rêve. Sa soif. Qui pousse à croire. En demain.

Et au milieu de tout ça, moi.

Je m'appelle Nour. Chez moi, on est prostituée de mère en fille. Enfin, depuis deux générations. Pas de quoi se vanter d'un savoir-faire ancestral. Mais ça laisse des marques. Sur le corps. Sur la peau. En dedans, quelque part. Quelque chose que certains nomment l'« âme ». Peut-être que c'est ça. Je ne sais pas trop. En tout cas, une amertume, quand tu y penses, qui te donne envie de gerber. D'en finir. Comme ça, d'un claquement de doigts. Disparaître. Un dernier vol plané du haut d'un minaret. Sous les roues d'un char. N'être plus que de la bouillie. Une flaque de chair, de merde, de sang. S'imaginer comme ça. Une image toujours plus dégueulasse que celle que vous renvoient ceux qui vous croisent. Parce que l'image que vous avez de vous-même, vous ne pouvez pas la dissimuler. Le maquillage peut tromper. On ne trompe pas soi-même. Avec ou sans fond de teint, avec ou sans rouge à lèvres, avec ou sans fard, notre miroir intérieur reflète exactement qui nous sommes. Ni l'hypocrisie ni les flatteries ne s'y reflètent.

J'ai hérité de la chute de reins de ma mère. De son port altier, de sa démarche dansante. Je ne sais pas si elle aurait pu faire autre chose que pute. Princesse, peut-être. Personne ne lui a jamais offert de pantoufles de vair. Seulement des bas. Des jarretelles. Des bustiers.

Des caracos. Des jarretières. Des strings. Des corsets. Pour l'humilier. Chaque jour davantage.

On se retournait sur son passage. Les hommes, pour l'insulter. Les femmes, pour la maudire. Les hommes, par désir. Les femmes, par jalousie. Un corps de femme, même le plus beau du monde, c'est toujours une forteresse assiégée. Qu'il soit contraint dans un vêtement à la pudeur pathologique ou révélé par un déshabillé suggestif. Les hommes l'ont réduit à cela. Une prison qui enferme nos désirs, nos passions, notre fragilité. Celle qui enferme notre intelligence, notre sensibilité, notre créativité. Qui enferme notre honte. Si souvent.

Ma mère a été dès sa naissance frappée d'une double peine : être belle et être pauvre. Et tout ça dans un pays lui-même frappé d'une double malédiction : être pauvre et être colonisé. Ça transforme un avenir en destin. Un destin tout tracé. Certains disent par Dieu. D'autres par Satan. Plus trivialement, par l'Histoire, les bouleversements économiques ou sociaux. Ça a l'air compliqué mais ça se résume à cette mécanique : pas d'argent ; pas de relations ; pas de piston… Ne reste que les clients. Des clients qui te promettent un job. Un vrai. Où tu n'auras pas à détourner le regard. Où tu pourras t'observer dans une glace sans t'excommunier. Pour ma mère, les promesses de petits boulots s'arrêtaient à l'entretien d'embauche. Une main perverse cherchant dans sa culotte. La renvoyant invariablement à l'activité sordide qui lui faisait gagner son pain. Qui m'a nourrie, pendant toutes ces années.

Mais ma mère avait un projet qui lui maintenait la tête hors de l'eau. Moi. Sa fille. Et un objectif unique : « Ma fille ne sera jamais une pute. » Mais elle n'aura pas eu le temps de transformer mon destin en avenir. Elle a pourtant fait de son mieux en louant ses services à deux générations de militaires. Elle n'a lésiné ni sur les heures supplémentaires ni sur les fantasmes qu'on lui imposait. Pourvu qu'elle puisse me nourrir, payer mon éducation dans une école privée, si modeste soit-elle. Qui me promettait une autre vie.

Ma mère était une pute de garnison. Ce n'est pas une expression. C'est ce qu'elle était. Il n'existe aucune caserne sans bordel. « Une bonne place », estimait-elle. De petits gains par client mais toute une caserne de clients. Un logement morne mais propre. Et un service sanitaire assuré par l'État.

Les premières au front, les collègues de ma mère, bien plus âgées, ne savaient même plus si elles baisaient des Français ou des Anglais. Baisées pour baisées, peu importait le drapeau. Par bataillons entiers, armés ras la gueule, ces glorieux soldats étaient censés nous apporter leur civilisation libératrice et clinquante. Ces filles, ces femmes, ces dames n'auront connu que la sueur avide et le goût âcre des perversités des uns et des autres. Pour elles, l'époque de la colonisation ou les années twist, ce fut du pareil au même.

Puis les uniformes ont changé. Pas leurs manières. Toujours violents, toujours arrogants. Ma mère a fait son entrée sur scène alors qu'elle n'était qu'une campagnarde. Violée par son premier patron, elle n'a dû son salut qu'à la main tendue de ces travailleuses. C'est elles qui lui ont appris le métier. Elles qui l'ont introduite à la garnison. Ma mère acceptait tout des brutes de notre armée devenue nationale. Pourvu qu'elle puisse payer mon école. Le twist a cédé la place au disco. Le disco à la house, la house à la techno. Ma mère, elle, ne dansait pas. Elle était la piste de danse. C'est comme ça qu'elle m'a eue. Y a toujours un petit bonus si tu acceptes de baiser sans capote. C'est pas sans risque… Mais tout ça, pour elle, ce n'était rien. Rien d'autre que sa vie. Plus tard, j'ai appris que Nietzsche avait écrit : « L'âme n'est qu'une partie du corps. » Pourquoi pas ? Ce type n'a dû connaître que des putes avant de mourir de la syphilis… À moins que ce ne soit une légende. C'est Slimane qui m'en a parlé. Slimane, c'est mon amoureux.

Ma mère, c'est pas la syphilis qui l'a tuée. Mais ses grossesses. Surtout, ses avortements. C'est moi qui les exécutais. La première fois, j'avais huit ans. Elle m'a expliqué comment remuer les aiguilles à tricoter dans son bas-ventre pour tuer un petit frère ou une petite sœur qu'elle n'aurait pu nourrir. Mes mains malhabiles, tremblantes. La peur. Ses hurlements. Le sang coulant entre ses jambes. Enfin, elle m'a prise dans ses bras et j'ai pleuré longuement contre sa poitrine brûlante.

L'opération s'est reproduite. Avec le recul, je me dis que la redoutable tueuse d'enfants que j'étais ainsi devenue a permis à ses frères et sœurs d'accéder au monde des anges. À défaut d'une vie, je leur ai offert l'éternité. Au regard de mon existence et de ce que probablement aurait été la leur, c'est peu dire qu'ils ont gagné au change... En tout cas, c'est ce que je me dis pour éloigner mes remords. Cette petite voix lancinante et cruelle qui me réveille la nuit. Monopolise trop souvent mon attention. Vient anéantir mes rares moments de joie.

Les avortements, ma mère en a abusé. Elle en est morte. C'est moi qui l'ai tuée. Elle s'est vidée une nuit. J'avais douze ans. C'est ce que j'ai raconté aux gendarmes. Pour seul réconfort, ils m'ont violée à plusieurs le jour qui a suivi le dernier sommeil de ma maman.

« Maman »... C'est l'ultime fois, ce jour-là, où j'ai prononcé ce mot. Après l'avoir hurlé des heures durant dans le naufrage de ma virginité. Le désastre de mon innocence. On dit des houris, les vierges éternelles du Paradis promises à l'homme vertueux par le Coran, que leur hymen se reconstitue après chaque coït. Ont-elles aussi mal, comme moi ce jour-là, à chaque nouvelle pénétration ? C'est entre les mains de ces monstres galonnés que j'ai perdu ma foi en Dieu. L'ai insulté avec mes mots d'enfant. Le lendemain, on m'a jetée sur le trottoir.

2

Pour ma première passe, ils m'avaient fait boire. Beaucoup. Mais pas assez pour que je ne me souvienne pas de l'essentiel. L'alcool a cette vertu d'embellir le sordide, d'anesthésier la perception. Il avait l'air d'un homme pieux. La barbe, les vêtements, la marque de la prière sur le front. Son dégoût perceptible pour mon haleine empestant la mauvaise vodka. Il paraissait timide. Mal à l'aise. Irrésistiblement, il était attiré par mon allure d'enfant. Rien ne l'a arrêté. Ni mon regard triste et vide ni les marques de coups sur mon corps. Je crois qu'il était si fébrile que ça s'est passé très vite. Mais que le temps semble long quand on n'y prend aucun plaisir. Quand on n'y gagne que de la souffrance, du dégoût. Pour soi-même. Il m'a remerciée. Puis il m'a quittée. Me laissant nue sur le lit, les jambes écartées, tétanisée. Une larme coulant sur ma joue de petite fille rougie par sa barbe. Ce jour-là, il a fait de moi une pute pour toujours.

Tous les soirs, mes maquereaux en uniforme me forçaient à de nouvelles passes. Les profanations de mon petit être chétif étaient chaque fois plus immondes. J'ai bouffé du sperme, de la pisse et de la merde. C'était un apprentissage, celui de l'avilissement. Chaque soir, l'alcool. Les coups, les gifles, les insultes, les ordres. L'obligation de rire d'un rire fou quand trois hommes ravagent en même temps ce que vous aviez de plus précieux. Rire sous peine de prendre encore plus de coups. De passer du martinet à la badine. De la badine au fouet. Paraît que c'est comme ça qu'on se fait au métier. Surtout, qu'on l'accepte. Une fois qu'on a tout perdu, l'impensable devient ordinaire. On souffre toujours mais on ne résiste plus.

Et puis un jour la formation s'arrête. On serait presque tentée d'en remercier ses bourreaux. On le fait, même. Par peur que tout recommence. Et on se retrouve seule, face à soi-même. Face à l'argent de clients que le sort d'une gamine de douze ans n'apitoie pas mais excite tant. Sourire et rire, toujours, dès les premières minutes. C'est la clé. Il ne faut pas rebuter le client. Il faut lui donner le sentiment que votre souffrance est plaisir, votre humiliation une récompense méritée. Gamine de douze ans, on devient une « petite salope ». Aux bas de soie trop grands pour ses jambes maigrelettes.

Comme tous les matins ou presque, dans un quartier tranquille, j'arrive enfin au minuscule studio que je loue pour mon travail. Contrairement à ma mère, j'ai fini par me faire une place. Même dans mon métier, « travailleuse indépendante », ça sonne mieux que « pute de garnison ». On a les fiertés qu'on peut... Ici, si tu veux vraiment t'en sortir, tu ne peux pas prendre un autre boulot. Alors j'ai pris une décision qui n'en est pas une : je suis devenue pute à temps plein.

J'ai presque atteint les quarante ans. Je soigne ce petit refuge pour esseulés du mieux que je peux, car j'ai un standing à tenir. Je ne suis pas une pute de luxe, mais j'ai une clientèle. Je peux même me permettre de refuser les clients que je ne sens pas. Trop d'entre nous ont fini éventrées, un couteau entre les côtes. Tuées par des pervers ou des islamistes sadiques. Mon studio est coquet, classieux sans en faire trop. Il est lumineux pour ceux qui souhaitent tout voir, tamisé pour ceux qui aiment les ambiances romantiques, sombre pour ceux que leurs fantasmes effraient ou écœurent. Aux murs et au plafond, des miroirs, équipés de stores. Il y a des hommes que ça tétanise. D'autres que ça excite. Au-delà de l'intérêt de cette prestation, il y va aussi de ma sécurité : voir celui qui se trouve derrière toi peut te sauver la vie.

Je me dois d'être toujours propre. Je change la literie entre deux clients. Je ne peux pas faire tourner une machine à laver toutes les deux heures pour ne pas éveiller les soupçons des voisins, alors je rapporte tout le soir chez moi dans des attachés-cases. J'ai une moyenne de six à huit clients par jour. Parfois moins. Je préfère avoir des revenus plus modestes mais prendre le moins de risques possible.

C'est surtout le bruit de la douche qui me fait craindre d'attirer l'attention. Je privilégie la toilette au jet dans la baignoire. Parfois, je lave moi-même les clients. Ça fait partie de la prestation. La plupart sont déjà en érection avant que je les touche. Les plus excités éjaculent sans attendre que je me déshabille. La sexualité masculine est sans surprise. Rarement à la hauteur des mots qu'elle a pour se décrire. Sur des milliers de clients et des dizaines de milliers de passes, je n'ai presque jamais connu l'exaltation. Les hommes baisent mal. Trop brutaux. Trop rapides. Trop centrés sur eux-mêmes. Même quand j'ai baisé par amour, si rarement, l'événement a tenu du désastre. Il n'y a qu'avec Slimane...

Pour ne pas susciter la méfiance des riverains, je leur ai dit que j'étais avocate. J'ai mis une plaque professionnelle avec un faux nom sur la façade. Pour toutes et tous je suis Malika Bensri, spécialisée en droit international des affaires. Une parade risquée, destinée à dissuader les voisins de venir un jour sonner à ma porte. Ma hantise, c'est que l'un d'entre eux, tout de même, ne veuille un jour faire appel à mes services d'avocate – ou de pute. Pour le premier cas, je connais heureusement un avocat d'affaires. Il jouerait le jeu. Je prétexterais être submergée de dossiers, renverrais à ce collègue compétent. Si en revanche quelqu'un du quartier devait faire appel à moi pour me baiser, difficile de deviner qu'il est du coin avant de le voir dans mon judas. C'est notamment pour ça que j'ai mis au point un système de filtrage de mes clients : les nouveaux doivent obligatoirement être recommandés par des habitués. Ça limite le risque. Mais ce n'est pas infaillible. Si un jour je suis dévoilée, je changerai de quartier.

3

Mon premier client aime venir tôt. C'est le plus huppé de mes habitués. Le plus violent aussi.

Monsieur le gouverneur de la Province adore frapper. C'est comme ça qu'il aime démarrer la journée, affronter le stress qui l'attend. « Ça me détend », dit-il. Il tient la cravache et frappe. Frappe et frappe encore. Mais il paie. Un bon prix. J'aurais aimé lui demander une faveur pour ma fille. Une meilleure école… Mais le risque est trop grand. Je ne veux pas que l'on puisse soupçonner son existence. Les gens au bras long vous tendent la main un jour et vous le font payer toute votre vie. Comme gouverneur, il peut me faire chanter. Me faire accuser de n'importe quoi. La menace de torture est celle qui me tétanise le plus. Mais tout cela n'est rien comparé à ma peur qu'on puisse s'en prendre un jour à ma fille. Elle est à peine plus âgée que moi quand on m'a violée et embrigadée dans la caserne.

Alors monsieur le gouverneur peut tout se permettre avec moi. Il a la délicatesse de ne pas en abuser. De me payer. Une prestation douloureuse mais dans laquelle je n'ai pas grand-chose à faire sinon attendre qu'elle s'arrête après son éjaculation. Le rituel est toujours plus ou moins le même. La routine doit le rassurer. Je me déshabille en gardant un string noir. Lui reste habillé et ouvre juste la braguette de son pantalon. Je commence par le sucer. Il m'arrête en rejetant ma tête en arrière. Il pourrait me frapper au visage mais il est convenu entre nous qu'il n'en a pas la liberté, même s'il peut s'en offrir le droit. Il me retourne alors violemment. Il tient la cravache et frappe. Frappe et frappe encore. Sur mon dos osseux, mes épaules menues, mes fesses arrondies. Mes cuisses lisses. Puis il me retourne à nouveau. Il déchiquette le tissu de mon string avec ses dents, je sens son haleine puante et chaude sur mon ventre. Il crache sur mon sexe. Le lèche avidement. Puis m'attrape par les cheveux et me traîne dans la pièce en m'injuriant. Toujours les mêmes gestes, les mêmes insultes. Heureusement, il paie aussi bien qu'il fouette.

Je me plais à penser parfois que cet homme puissant a d'abord été un enfant. Un innocent. Qu'il a dû subir des violences, des gestes qu'il aime reproduire avec moi pour mieux en chasser le souvenir. Ça le rachète à mes yeux. Je le prendrais presque en pitié. Ça me permet aussi de ne pas étrangler toute croyance en une humanité capable du pire mais aussi tellement fragile qu'elle en mérite un peu de compassion. Une humanité à même de trouver une rédemption, de se forger une autre destinée. Plus noble. Plus belle. Moins destructrice. Oui, je crois que cette pensée me soulage. Me rend une part infime de dignité. Et confère un semblant de décence à mon rapport aux autres.

Les clients suivants apprécient peu de me voir à la peine avec eux. À cause de mes ecchymoses ou des blessures apparentes. Mais certains goûtent ces zébrures violacées que la cravache a laissées sur mon corps. Ils envient celui qui m'a fait ça. Ils se laisseraient bien tenter. Mais ils n'ont ni le courage ni les moyens de se le payer. D'autres, moins nombreux, s'apitoient sur mon sort. Ils sont sincères. Aucun ne se risque jamais à me demander qui me fait ça. Dans cette société, moins tu en sais…

Pour monsieur le gouverneur, j'ai fait insonoriser la chambre. Car s'il aime me frapper, il aime surtout m'entendre gémir. Je surjoue un peu. À peine, car la douleur est réelle. Mais quand même suffisamment pour accélérer son éjaculation et limiter ses coups. Il aurait de toute façon l'intelligence de ne pas y aller trop fort. Je dois être en état pour le lendemain, si l'envie le reprenait. L'insonorisation me sert aussi à étouffer les vagissements des plus bruyants de mes clients. C'est grotesque, un homme qui jouit.

Et puis il s'agit aussi d'atténuer le bruit, les cris et les pleurs de ceux qui me demandent de leur faire mal. J'ai longtemps refusé. À cause de la douleur physique. De la négation de soi qu'elle engendre. J'ai placé le tarif très haut pour dissuader les masochistes. Et puis, un jour, un homme fortuné a posé une liasse de billets sur mon lit. J'ai pensé à l'école de Selma, j'ai dit oui. J'ai eu une sensation étrange en attachant le client nu au radiateur. Un goût âcre dans ma bouche la première fois où mon bras s'est levé pour frapper. Un profond étonnement quand la victime m'a dit de frapper beaucoup, beaucoup plus fort. Une incompréhension totale à le voir éjaculer de plaisir et de douleur. J'ai mis des semaines à accepter que j'étais capable d'être cette femme-là.

Ce client m'en a adressé d'autres. À l'évidence, je faisais bien mon métier. Et, le temps passant, malgré ma répugnance première, j'ai fini, moi aussi, par y prendre du plaisir. J'en ai vu peiner à se rhabiller tellement je leur avais fait mal. Remettre leur chemise en pleurant. Des fesses, une verge et des testicules zébrés jusqu'au sang. Je ne sais pas si leur plaisir est fonction de mon éventuelle délectation. Leur masochisme m'indispose. Mon sadisme m'horrifie. Un jour, je me suis surprise à jouir au seul souvenir de ces séances. Je me dégoûte chaque jour un peu plus. Et j'ai de plus en plus de mal à embrasser ma fille. Comme si je la souillais. Comme si je ne la méritais plus.

4

Monsieur le gouverneur n'est pas venu ce matin. J'aurai plus de temps pour rester avec Slimane. Slimane n'est pas un client. C'est une pute lui aussi. Il a quinze ans de moins que moi. Il est homo. Comme moi il vend son corps. Mais c'est surtout un poète extraordinaire. Comme aucune nation arabe n'en a produit depuis des années. Il me dédie ses plus beaux vers. Pas des vers pour une Layla inaccessible et désincarnée. Non. Des vers qui s'attachent à dire, décrire, sublimer chacun des traits de ma personnalité, de mon corps. Dans ses mots je suis belle. Douce. Éternelle. Un déchiffrage tout en nuances. Sa sensibilité souligne la générosité et la noblesse de son regard sur moi. Un regard qui est comme une caresse vraie et désintéressée que je n'attendais plus, qui restaure et répare les éclats de mon être ballotté par la vie. Sans doute parce que sa destinée ressemble à la mienne. Un regard aussi plein de tendresse pour son pays. Souvent il me dit : « Tu es la mémoire de notre peuple et de son histoire. Dans tes veines coule son vrai visage. » Parfois, j'ai la faiblesse de le croire. Même si je sais que c'est faux. Ses mots sont un placebo. Je m'autorise à les croire. Ils me sauvent de la honte qui guette généralement les gens comme moi.

Il passe souvent me voir, et nous restons alors des heures blottis l'un contre l'autre, au fond d'un lit, à refaire le monde. Sa tendresse me réconforte, mon corps de femme, touché avec une infinie délicatesse, sans la violence du désir qui est mon lot quotidien, enfin s'apaise et se détend. C'est drôle, avec lui je me sens femme aimée, mais avec l'impossibilité d'être possédée. Cela me frustre, parfois. Cette chance qui me fuit, toujours : pour une fois qu'un homme me fait du bien, il ne peut pas aller jusqu'au bout. Mais j'ai appris avec le temps à aimer ce qu'il me donnait, cette forme d'amour que je ne connaissais pas. Et lui, ma tendresse le nourrit, l'inspire, balaie comme un souffle léger ses peurs ou ses doutes. Je suis comme lui, alors il n'est plus seul. Il s'est attaché à moi comme on s'attache au sens qui parfois nous manque. Quand le destin est trop compliqué. Mon Slimane tombe facilement amoureux des hommes, mais moi je suis « la femme de sa vie », comme il dit. Alors nous passons ces heures comme des enfants heureux de voler aux adultes des moments où ils peuvent être eux-mêmes, rire, rêver, se consoler, sans craindre d'être incompris. Ou punis.

Quant à ma foi en Dieu, elle a resurgi une nuit, lorsque ma fille est venue au monde. Oh, bien sûr, c'est une fille de pute. Une petite-fille de pute. Mais c'est aussi le plus beau des cadeaux que m'ait laissé l'un des porcs qui se vident jour après jour sur mon visage, sur mes seins, entre mes fesses, en moi. À une époque où quelques billets en plus pouvaient encore me convaincre d'oublier la capote.

Ma fille... Pour elle, je ne ferai pas l'erreur de ma mère. Je vivrai. Pour ça, je prends depuis sa naissance mes précautions. Désormais, la capote, tous ceux qui me fréquentent savent que c'est un impératif. Pour sauver ma peau. La leur. J'ai perdu beaucoup de clients. Le sida n'a pas le cœur plus tendre au Maghreb ou au Moyen-Orient qu'en Occident. Je prends la pilule aussi. Deux précautions valent mieux qu'une. Et je ne reçois plus que sur rendez-vous. Le téléphone portable et Internet ont révolutionné nos métiers. C'est plus facile de recevoir, de rencontrer, de me réserver.

Et puis je prie. Je suis une pute qui prie. Entre chaque client, je fais mes ablutions en me douchant pour me présenter à Dieu. Je me couvre les cheveux, je me tourne vers La Mecque. Pour me purifier. Pour exister. Dieu est le plus grand des poètes. Il donne aux plus humbles des allures de virtuose. Des espoirs de milliardaire. Des rêves que l'on peut effleurer de nos mains calleuses.

Les seuls clients que je refuse, ce sont les militaires. Quand on est pute, faut aimer un peu ses réguliers. Pour ne pas être qu'une machine. Pour croire que, derrière ces corps haletants, égoïstes et voraces, se cachent aussi des âmes. Avec leurs blessures, leurs doutes, leurs désirs.

5

La prostitution, c'est grâce à elle que beaucoup survivent dans la capitale. C'est aussi à cause d'elle que l'on crève jeune… Du sida. D'overdose. Assassinée. Quand tu n'as pas de veine, il t'en reste quand même à sectionner, celles des poignets. Sur le coup, ça fait mal. Et puis tu te vides doucement. Comme un mouton de l'Aïd. Un connard dont je m'étais bêtement amourachée m'avait fait caresser l'espoir d'une autre vie. Il aurait pu me quitter en y mettant les formes. Il m'a ri au nez : « Qui veut se marier avec une pute ? » Quand je me suis tranché les veines, c'est Nejma qui m'a sauvé la vie. Elle était comme moi, mais plus jeune. Tout droit sortie de sa campagne, au mieux, elle pouvait être une bonniche prête à tout vingt-quatre heures sur vingt-quatre, au pire, pute à tout faire.

Bien avant, Nejma avait pu être une petite paysanne insouciante et gaie. Sautillant joyeusement au milieu d'une nature luxuriante. Dans sa région, pour la voir pousser, cette nature, il faut gratter la terre, dix heures par jour, dès l'âge de cinq ans. Ça ne facilite pas les rêves de grandeur. Petit être docile, besogneux et silencieux, Nejma était vouée à servir. Une fille, quoi... La perte de ses parents très jeune l'avait placée sous la régence d'un oncle brutal et colérique qui l'envoyait partager la paillasse des bêtes. L'idée même qu'on puisse perdre du temps à l'éduquer n'entrait pas dans sa conception du monde. Son univers était celui d'une fille qui n'est qu'une bouche à nourrir. Qu'une bouche.

Dès la puberté, son oncle a entrepris de la vendre. Sans y réfléchir à deux fois. Avant que le démon qui saisit toutes les femmes ne la conduise à perdre sa virginité. Ou, pire, ne lui fasse enfanter une bâtarde dont ces jeunes paysannes ne savent pas se prémunir. Il en tirerait alors un prix à peine digne du temps qu'il prendrait à s'en occuper. Peu lui importait ce que deviendrait Nejma. Il avait assumé cette nièce comme l'y obligeait la tradition. Sa vente serait son ultime effort.

Une riche famille de la capitale ne s'est pas fait prier pour l'acquisition de cette gamine dont le regard doux trahissait une soumission adéquate. Bonne à tout faire. Elle ne toucherait aucun salaire et dormirait au grenier. Souvent, épuisée par sa journée de labeur, les reproches permanents et les coups qui les accompagnaient, elle n'avait même plus la force de rejoindre sa tanière et s'endormait dans l'escalier.

Deux ans plus tard, Nejma remplissait à merveille toutes les tâches dévolues à sa fonction. Sauf celle que ses formes désormais affirmées ne lui avaient pas encore révélée. Les rares fois où elle surprenait une discussion équivoque entre sa patronne et son mari, elle baissait les yeux et s'éloignait pour ne pas entendre des propos dont elle sentait inconsciemment qu'ils n'étaient pas de son âge.

Le maître de maison n'avait, lui, aucune candeur. Il n'avait jamais prêté attention jusque-là à cette petite bonniche illettrée, malhabile et craintive. Une après-midi cependant, alors qu'elle cirait le parquet, elle a sursauté en sentant une main se glisser entre ses fesses. Elle n'a pas bougé. Terrorisée. Mais aussi terriblement consciente que refuser quoi que ce soit ne se faisait pas. Qu'elle passerait pour une rebelle et une fille mal élevée, à jeter.

Et aussi, pour une fois, le patron ne lui parlait pas mal. Il était même tendre. Il a dit : « Qui peut croire que nos campagnes recèlent des beautés comme toi, Nejma ? » Troublant instant où la peur vous tenaille, où vous ne savez pas ce qu'il faut dire ou ne pas dire. Où vous sentez pour la première fois que vous suscitez de l'intérêt. Où vous pressentez aussi qu'un mot ou un geste pourrait causer votre perte. Alors elle est restée là, sans voix, figée. Elle ne savait qu'obéir.

La suite ne mérite aucun récit. Elle est triviale et obscène, comme tous les dépucelages de femmes de chambre. Certaines y gagnent un enfant, d'autres un licenciement. Quelques-unes feront du chantage. D'autres n'y puiseront qu'une honte qui les poussera à en crever. La plupart en feront leur quotidien.

Ce jour-là, pour s'acheter une bonne conscience, le maître de Nejma a offert à sa soubrette une poupée et un paquet de gâteaux. Des galettes dorées, des brioches à la confiture. Sans doute, il n'était pas plus mauvais qu'un autre. Pas plus malveillant. Il entendait simplement faire usage de ses moyens et de son ascendant comme bon lui semblait. Une moralité féodale restée actuelle l'y encourageait, même. Y déroger aurait paru à cet homme, au buste large et aux mains puissantes, comme une atteinte à son statut. Il agissait comme il avait vu œuvrer son propre père. Comme on parlait entre hommes. Sans en faire trop mystère et sans en rougir. Jamais. Son épouse elle-même ne lui décernait aucun reproche. Comme si le viol des bonnes était une affaire courante.

Nejma a eu mal. Les autres fois se passeraient mieux. Un maître brutal. A-t-elle jamais songé à refuser cette relation ? Non. À en tirer profit ? Pas davantage. Certaines nuits, il lui déclamait de la poésie. Il lui racontait l'amour, la beauté d'un monde qu'elle ne soupçonnait pas. Il lui faisait répéter des vers qu'elle apprenait par cœur, avant de les lui réciter le lendemain. Elle roulait maladroitement ces mots étranges dans sa bouche, comme des sucreries dont elle n'arrivait pas à saisir le goût. Comme nombre d'analphabètes, son pouvoir de mémorisation était époustouflant. Cela les amusait beaucoup tous les deux. Il lui disait que ces mots se conjuguaient avec sa beauté. Il faisait d'elle une autre femme. La douleur a laissé la place à des spasmes.

Mais, dans notre pays, l'adversité ne nous perd jamais de vue. Inquiète de voir son mari s'enticher de la petite, la maîtresse de maison devenait de plus en plus irascible avec celle-ci. Entrevoyant une mise à la porte à court terme, Nejma a décidé de troquer le droit de cuissage patronal contre une option rémunérée. C'était risqué.

Elle s'est prostituée durant trois ans. Nejma était une adolescente misérable, mais belle, simple, honnête. Quand à son tour elle a perdu tout courage, je n'étais pas là pour appeler les secours. Je l'ai retrouvée au petit matin, gisant dans les poubelles. Pour se tailler les veines, elle avait choisi cet endroit, pas un autre. Pourtant, ses grands yeux noirs ouverts sur l'infini racontaient bien autre chose. C'était le jour de ses dix-huit ans.

6

Ma fille, elle, n'en a que treize. Elle s'appelle Selma. C'est une élève brillante. Je lui paie une bonne école. Il faut que je tienne encore une dizaine d'années pour qu'elle puisse finir ses études et décrocher un diplôme. En attendant, tant de frais, de bakchichs à régler. Une éternité... C'est l'une de mes prières. Tenir pour elle. Allah est bon. Mais il a tout le temps du monde, lui.

Selma est douce, obéissante, polie, gaie, attentive, curieuse. Je lui ai appris à prier. Elle fait le ramadan avec moi depuis trois ans. Ses longs cheveux noirs et ses yeux brillent la nuit quand nous parlons ensemble en nous endormant. Je suis extrêmement fière de ce qu'elle est, de la femme qu'elle devient. Elle sera forte.

Ma fille ne sait rien de mes activités. Le studio où j'exerce est dans un quartier à l'opposé de là où j'habite, où des immeubles récents de petite taille accueillent les classes moyennes.

Il se chuchote que je travaille pour l'État, le renseignement intérieur. C'est ce qu'on se dit quand une personne agit mystérieusement dans ce pays. Je pourrais dénoncer mes voisins. Alors on ne me pose pas de questions. C'est mieux ainsi. Que pourrais-je répondre si on venait m'interroger ? Que les seuls hommes du gouvernement que je connais sont ceux qui se glissent sans ménagement entre mes cuisses ? Pour quelques billets. Aux yeux du peuple, le plus vieux métier du monde n'a aucune noblesse. Je les aime bien, mes voisins. Mais la peur de voir leur honneur éclaboussé par la fréquentation d'une femme de mauvaise vie les transformerait en hyènes. Il n'y en a qu'un avec qui j'ai vraiment sympathisé. Omar.

Il tient la petite échoppe en face de notre immeuble. Un capharnaüm aux senteurs d'épices où l'on trouve de tout. L'essentiel de ce que propose traditionnellement une épicerie, et plein d'autres choses inattendues. De la vaisselle. De la quincaillerie. Des boîtes à musique, des trains électriques pour les gamins. Des médicaments. Des antiquités. Des livres en tout genre… Un voisin y a acheté un jour une portière de voiture. C'est là que ma petite Selma m'attend en faisant ses devoirs quand je rentre plus tard qu'à l'accoutumée. Omar a près de soixante-dix ans. Il est veuf. Il ne se plaint jamais, trouve toujours un mot gentil à dire sur ses voisins. Il aide beaucoup d'entre eux. Parfois c'est en leur faisant don de nourriture. Parfois c'est en effaçant leur ardoise. Ou simplement avec une parole de réconfort. Il parle peu mais il apaise. Par ses mains larges et chaudes. Par ses rides qui racontent une vie de labeur. Par ses propos toujours lourds de sens. Ou par des aphorismes tirés d'un livre de sagesse ou d'un dictionnaire de l'absurde que n'aurait pas renié Joha, bouffon mythique de la culture musulmane. Selma l'aime beaucoup. Elle aime tirailler sa longue barbe blanche. Plus jeune, elle machouillait sa djellaba déjà usée mais toujours propre. Je crois qu'en grandissant elle a trouvé en lui un grand-père bienveillant. Et la filiation qui lui manque, un lien qui la rattache à quelque chose. Je n'ai pas pu donner une histoire familiale à ma fille. J'aurais aimé. Mais je suis comme une branche coupée, d'où elle a surgi comme un bourgeon. Omar, qui lui raconte plein d'histoires d'autrefois, est devenu son ouverture sur un passé que moi j'ai condamné, comme on condamne une porte.

Les récits qu'il lui narre sont ceux que je rêvais d'entendre, encore et encore, quand j'étais petite. La clé d'un paradis perdu. Ma mère à moi n'avait pas le cœur à me conter des histoires flamboyantes. Tout ce qu'une pute des campagnes pouvait m'offrir, c'était la vie, à manger, des vêtements, un toit. Et cette intuition, venue de je ne sais où, que l'éducation libérerait les femmes, un jour.

Omar est pour Selma un arbre à légendes. Elle aime passer des heures dans son échoppe.

7

Depuis quelques mois, Selma insiste pour connaître notre histoire familiale. L'arbre ne lui suffit plus : elle veut des racines. Savoir d'où nous sommes, elle et moi. Qui étaient ses grands-parents. Ce qu'ils faisaient. Où sont leurs tombes. Qui est son père. Si nous nous aimions beaucoup. Ma mère ne m'a jamais rien caché. J'ai fait l'inverse avec Selma. Je ne me suis pas préparée à ses questions. Elle m'a déjà interrogée plus jeune. Mais à présent mes réponses évasives nourries de « Ils sont tous morts, ça me fait trop de peine de me rappeler, je préfère ne pas en parler » ne sont plus suffisantes.

C'est qu'elle grandit, ma petite Selma. Sur les murs de sa chambre, les affiches de stars de la chanson ont remplacé les posters de Pokémon. J'ai l'impression que c'est encore une petite fille. Mais son univers change dorénavant rapidement. Aussi vite qu'elle pousse. Je l'ai surprise l'autre jour à observer sa poitrine naissante dans la glace. Hier, elle a demandé à avoir un téléphone portable. Je la trouve trop jeune pour ça. Mais je vais sûrement céder. Ça me rassurera aussi de savoir qu'elle peut me joindre en cas de pépin. L'adolescence, avec la découverte du désir masculin, comme du nôtre, est un passage compliqué pour toutes les filles, quel que soit le pays. Dans les sociétés arabes, c'est pire pour elles. Je suis surprise qu'elle ne m'en ait pas encore parlé, mais je pense qu'elle va bientôt me reprocher les tenues strictes et de moins en moins de son âge que je la force à porter pour se rendre au collège. Et je sais qu'à la vitesse où elle grandit il va falloir renouveler toute sa garde-robe. S'adapter.

Ces questions vestimentaires ne sont pas sa priorité du moment. Pour l'heure, elle veut savoir. Connaître ces fantômes que je lui cache depuis toujours. Combien de temps vais-je pouvoir lui tenir un discours qu'elle estimera crédible ? Sans jamais briser ses illusions. Je crains qu'Omar n'ait deviné qui je suis vraiment. Si c'est le cas, je suis sûre qu'il ne me trahira pas. Sa bonté est inscrite sur son visage, dans ses expressions, ses gestes, ses paroles. Moi aussi j'aurais bien aimé qu'il soit mon grand-père. Ou mon père.

Ce matin, il a ouvert tôt son échoppe. Le dimanche, c'est le jour des livraisons. Il me fait un signe de la main. Je lui réponds discrètement pour ne pas éveiller un soupçon. Un désir. Pour circuler dans la ville, je m'habille de la façon la plus stricte. Ne jamais attirer un regard. J'incline la tête vers le bas et je veille à marcher d'un pas pressé.

8

J'emprunte les ruelles plus calmes des faubourgs pour me rendre au studio où j'exerce mon activité. Je prends un taxi pour traverser la ville et me fais déposer chaque fois dans des rues différentes par des taxis différents. Je finis systématiquement le parcours à pied. C'est la rue Al-Akhtal qui abrite mon commerce. Chrétien, Al-Akhtal est l'un des poètes arabes les plus importants, sinon le plus doué. J'ai toujours été sensible à la poésie. À cause de ma formation. De mon histoire. Je m'attarde rarement dans les lieux publics, mais je fréquente parfois une librairie du centre où se produisent des poètes. L'endroit est sombre, exigu. Il sent les vieux livres. Les étagères en bois rustique n'ont pas dû être cirées depuis des générations. La quarantaine de personnes présentes se serre pour tenir dans la salle poussiéreuse. L'atmosphère est chaude et je m'y sens bien. C'est là que j'ai fait la connaissance de Slimane.

Ce soir-là, c'est lui qui officie. Un triomphe. Je suis subjuguée par la force de ses vers, son éloquence naturelle. Par ses gestes, qui accompagnent les intentions, les effets, les sentiments. Pour la première fois de ma vie, j'aborde un véritable poète. Nous parlons. Rapidement, il me propose un rendez-vous. Le lendemain. Un restaurant. Je refuse. Il insiste. Je dis oui.

Je m'imagine déjà mariée à un poète. De quinze ans mon cadet. Je n'y songe que quelques instants. Quelques courts instants. Je sais d'instinct que le jeune poète sera vite rebuté par la pute. Que la seule façon de transcender mon destin de putain, c'est que ma fille réussisse sa vie. Que mon sacrifice alors aura du sens. Aucun métier ne me rapportera autant d'argent. Une chose me paraît évidente : même après la fin des études de Selma, je ne me vois pas abandonner mon métier. Tant que mes charmes me le permettront, j'exercerai. La seule fois où j'ai cru pouvoir vivre une autre vie, épouser un homme bon, qui m'aimerait et voudrait fonder une famille, cela m'a valu des traces indélébiles sur mes deux poignets.

J'ai parfois peur de mon odeur. Comme si les douches n'avaient plus d'effet sur moi. Comme si je portais le parfum amer du vice. Comme si ma peau encore lisse exhalait l'odeur de tous ceux qui m'ont humiliée. Une intuition morbide.

Nous nous retrouvons le lendemain avec Slimane. Je connais le restaurant qu'il m'a indiqué sans jamais y être entrée. Une façade d'un bleu quelconque. Quelques tables délavées à l'extérieur, des clients pensifs ou las. On dit que c'est le repaire des intellectuels. Et donc des services de sécurité. Difficile d'y discuter en toute confiance. Pourtant Slimane a l'air à son aise. Nous entrons. Une forte odeur de tabac me pique le nez. Des voix s'élèvent pour saluer le poète. Il leur offre quelques mots qui lui valent des applaudissements discrets. Nous nous attablons, commandons un repas léger. Nous commençons à parler. Il ne fait pas le singe savant mais aborde avec moi tous les sujets, des plus futiles aux plus sérieux. En évitant soigneusement toute allusion à la politique. Slimane a la souplesse des grands intellectuels. Je suis encore plus impressionnée que la veille par son talent. Au-delà de la poésie, sa culture paraît inépuisable. Chaque mot qu'il prononce semble d'un autre temps, d'une autre dimension. Et pourtant il est présent au monde, à la réalité de notre époque, comme aucun autre homme. J'aime ses paroles, son regard profond, ses gestes délicats sans être maniérés. Il a quelque chose en plus.

Je ne l'ai pas compris tout de suite, mais seulement après notre conversation, en rejoignant mon studio. Il avait ce tact extrême et non feint, sincère, de ne pas parler de lui-même mais des autres. Et de s'intéresser à son interlocuteur. De le mettre en valeur. Il ne vous posait pas des questions inquisitrices sur votre activité professionnelle, votre famille ou votre ville d'origine. Mais il osait des questions intimes sur ce qui vous faisait rêver.

Nous nous sommes revus régulièrement. Cela m'effrayait un peu. Mais il a eu très rapidement la franchise de m'informer de son orientation sexuelle. Certes, cela a brisé mes illusions. Je ne me marierai pas à un poète. Mais j'allais me rapprocher d'un homme dont la tendresse ne pouvait que me transformer. Cela s'est fait pas à pas. Lorsqu'il a pour la première fois saisi ma main, au cours d'un repas. Lorsqu'il a posé sa tête sur mon épaule. Petit à petit, quelque chose que nous ne comprenions pas, quelque chose de plus grand que nous, s'est installé. Puis a grandi. Quelque chose de noble. De tendre. Moi, je n'avais connu qu'une sexualité outrée, tarifée, violente. Je découvrais des émotions, de nouvelles sensations. Une complicité que jamais je n'avais imaginée. Une alliance des âmes, des êtres, par-delà les corps et la matière. En fait, j'ai compris soudain que, avant Slimane, je n'avais jamais vraiment « rencontré » quelqu'un.

Nous sommes devenus suffisamment intimes pour parler de nos vies respectives. Pas celle des apparences, mais la vie avec ses angles saillants. Ses parents odieux, ses enfants. Celle qui fait mal. Slimane est issu d'un milieu aisé mais il s'est fait virer par ses parents quand ils l'ont découvert dans les bras d'un autre garçon. Il venait d'avoir seize ans. Chez nous, on ne vit pas de la poésie. Alors il tapine. Pour survivre et faire illusion en société, il s'habille coquettement. Par goût et pour mieux aguicher des clients qui paient généreusement. De mon côté, je suis une pute entre deux âges qui navigue parmi les mensonges.

La laideur de nos vies respectives aurait pu nous éloigner. Au contraire, elle nous a rapprochés. Une pute amoureuse d'une autre pute. Que pouvait-on espérer de plus juste ? Sans fard, nous paraissons d'autant plus étincelants l'un pour l'autre. Aujourd'hui, nous nous aimons follement à notre façon. À coups de vers célèbres que nous nous jetons au visage en riant. Des jeux interminables. Des adolescents en souffrance qui découvrent des sensations et une sorte d'amour que la brutalité de leur vie leur avait toujours cachées.

Mes clients constituent l'essentiel de mon ordinaire. La condition *sine qua non* de ma survie : avoir un toit pour ma fille et moi, qu'elle mange à sa faim et que je puisse payer ses études. Je pourrais les remercier pour ce qu'ils m'apportent comme je pourrais les détester pour ce qu'ils me font subir. En réalité, je n'aime aucun d'entre eux. Mais je ne les hais pas non plus. Rien ne commence ni ne finit vraiment avec eux. Ils ne sont qu'une histoire, antérieure à moi-même, qui se poursuit. À travers eux, entre eux et moi. En moi.

9

Les hommes me seront toujours une énigme. Je suis sûre qu'ils valent mieux que ce qu'ils me donnent à entrevoir. Même comme amants. Ont-ils jamais pensé à offrir du plaisir à une femme ? Gratuitement ? Juste pour faire plaisir ? Je peux être à genoux devant eux, bouche ouverte, j'en sais plus sur eux-mêmes qu'ils n'en sauront jamais. Ils ne se voient pas expirer, suinter, grimacer, grogner... Pleurer, parfois. Surtout, ils ne s'entendent pas parler, éructer. Me traiter de « sale pute », de « salope » ou crier des prénoms qui me sont inconnus mais qui représentent ceux qu'ils veulent tant foutre. En me fessant. Quel besoin ont donc les hommes de salir ainsi la femme qui leur offre son corps ? Comme si le plaisir des hommes était une punition. La leur.

Une fois que leur sexe n'en peut plus, mes clients aiment parler d'eux. L'apaisement ouvre une porte quelque part entre leurs bas-ventres, leur cœur, leur cerveau. Ils fument une cigarette. Et laissent transparaître, parfois, leurs peurs, leurs espérances, leur désespérance. Pour certains, je suis juste une oreille sans existence réelle. Ils se parlent à eux-mêmes. Quelques minutes auparavant je n'étais pas davantage un être vivant, mais une collection de morceaux de choix : des seins, des jambes, un cul magnifique. De vrais garçons bouchers à la recherche de la meilleure pièce de barbaque. Certains me paient double pour me téter comme des agneaux affamés. D'autres le triple juste pour me sucer les orteils... Rien de plus. C'est pas désagréable. Ça chatouille. Et ça a l'avantage de les faire taire le temps qu'ils fassent leur petite affaire. Les fantasmes n'ont pas de frontière. Mais un prix.

Je me fais payer pour ce qu'un homme pourrait gratuitement obtenir de sa femme si seulement il le lui demandait. Sauf qu'un mari ça ne demande pas à son épouse de lui pisser dans la bouche pendant qu'il se masturbe. Sans doute, leur compagne trouverait cela déshonorant... Où est le mal ? Certaines femmes ne se facilitent pas la vie. Et moi je ramasse leurs hommes. Comme des déchets. Pour toute dignité, leur pauvre liasse de billets entre le pouce et l'index. À peine leur jouissance consommée, ils me racontent leurs malheurs conjugaux. Leur PDG tyrannique. Leur chef de service castrateur. Leur mère morte qui leur manque. Ce père alcoolique qui les battait. Leur fille rebelle. Un fils égaré dans la cocaïne... Le quotidien de notre époque. Pas reluisant, mais d'une humanité qui n'est que failles et regrets. Avec toute sa noirceur, toute sa beauté. Toute sa lâcheté. Toute sa lumière. Toute son innocente brutalité.

Je ne hais pas mes clients. J'en ai juste pitié. Je ne les aime pas. Ils me font de la peine. De pauvres êtres déboussolés qui viennent s'échouer entre mes cuisses pour oublier quelques instants ce qu'ils sont.

Ceux qui me font peur sont ceux qui ne semblent pas vraiment s'intéresser à eux-mêmes. Ceux qui me posent des questions sur ma vie, mes rêves, mes désirs. Ces clients-là sont ma hantise… J'ai peur qu'ils découvrent mon appartement. Ma fille. Qu'on la fasse souffrir pour faire souffrir sa mère. Dans nos métiers, on apprend très vite à se méfier des gentils. Ce sont souvent des pervers redoutables. Ou des agents des renseignements. Je ne vais pas mentir : on m'a obligée à soutirer quelques informations à des clients sous surveillance. J'ai été en contact avec ces gens. On ne vit pas dans ce pays si on ne dénonce pas de temps en temps quelqu'un.

Mais les pires, ce sont ceux qui sont vraiment gentils. Ceux qui te donnent à penser qu'ils auraient pu être ton mari. Que tu leur en aurais donné beaucoup plus par amour qu'ils ne peuvent obtenir avec leur argent. C'est cet individu avec lequel tu aurais pu faire des promenades en bord de mer en tenant la main de ses enfants. Celui contre lequel tu te serais blottie dans une salle de cinéma. Celui qui aurait essuyé tendrement tes larmes en te serrant contre lui quand les malheurs de la vie t'auraient foudroyée. Celui-ci est le pire d'entre tous. Car il te fait espérer.

En près de trente ans d'exercice, j'ai été le réceptacle de toutes les frustrations du monde arabe. J'ai représenté pour l'un la contractuelle revêche qui finissait par se laisser aller, pour d'autres l'institutrice qui les humiliait devant toute la classe. Pour d'autres encore, une mère de substitution à celle qui les avait toujours méprisés. Rares sont ceux qui m'ont donné le sentiment qu'ils me quittaient vraiment ressourcés. C'est pourtant la fonction première de mon cul.

Quelques-uns, mieux dans leur peau sans doute, ont assouvi avec moi un fantasme divertissant qui leur était propre. Cela les a rendus heureux, les a regonflés pour la journée ou la semaine. Leur laissant un souvenir ému, une reconnaissance sincère.

Pour ceux-là comme pour tous les autres, on aurait dû depuis bien longtemps décerner le Nobel de l'assistance sociale à ma chute de reins. Où en serait la planète si les putes ne remettaient pas dans le droit chemin des millions de dictateurs, de tueurs en puissance ou de pervers patentés ? En aspirant, en même temps que leur sève, leur violence. Plus ces hommes se défoulent en nous, moins ils sont cruels dans la vie. Moi aussi je participe à la lutte de cette nation qui désire donner le meilleur d'elle-même. Depuis si longtemps.

Je n'ai ni la phobie ni le dégoût des hommes. Nous ne vivons simplement pas dans le même monde. Rien de plus.

10

Les soulèvements se multiplient dans le pays, cependant il est difficile d'imaginer que le régime va tomber. Les réseaux sociaux sont surveillés, mais avec des moyens si dérisoires qu'ils sont désormais les moteurs de l'insurrection. Comme souvent, le pouvoir va d'abord parier sur un pourrissement des révoltes, promettre quelques mesures sociales pour endormir les plus crédules, quitte à se fâcher avec le FMI, qui abuse des recommandations qui affament les plus pauvres depuis des décennies. Et puis les dominants commenceront à réellement s'inquiéter. Les arrestations de masse se substitueront aux interpellations ciblées de militants des droits de l'homme, de syndicalistes, d'avocats, de journalistes. La torture, les exécutions sommaires vont s'intensifier.

Ce matin, Slimane vient me rejoindre au studio. Nous essayons de nous réserver chaque semaine un temps pour nous deux. Il me raconte ma vie en poèmes. En ce moment, l'agitation qui secoue le pays monopolise l'essentiel de nos conversations. Slimane est d'un optimisme déroutant. Moi d'une lucidité implacable. Du pessimisme, selon lui. Je loue son angélisme, car je trouve beau de pouvoir encore en faire preuve ici.

– Les foules me font peur, Slimane. Elles sont le pire ennemi du peuple. Sommes-nous prêts ?... Le prix à payer pour la liberté est si élevé. Une fois celle-ci acquise, qu'en ferons-nous ?

– Nour, tu es tellement traumatisée par le régime que tu n'imagines même plus qu'il puisse y avoir une issue en dehors de lui.

– La démocratie, j'en rêve aussi. Mais sans illusion. C'est pas pour nous, les Arabes. Regarde notre histoire.

– Regarde notre avenir.

– J'aimerais... Mais la démocratie et sa démagogie... Regarde l'Europe des années trente. C'est le peuple, par les élections, qui a porté le nazisme au pouvoir.

– Aristote l'a dit en son temps : les démagogues jouent auprès des peuples le même rôle que les courtisans auprès du roi... Mais on n'est pas obligés d'en arriver là. Regarde l'élan de la jeunesse !

– Je ne vois que sa candeur, son sang.

Le bouillonnement populaire m'inquiète de plus en plus. Les foules m'ont toujours terrifiée. Même si leur cause est juste. Même si elles dessinent aujourd'hui des perspectives inespérées. La liberté est une tentation permanente et une nécessité impérieuse. Pourtant, elle me fait aussi peur qu'elle me donne à rêver. À la télé, l'État ne montre pas grand-chose de ce que je vois dans la rue. Des foules de plus en plus denses. Des slogans scandés dans la joie ou une colère de plus en plus vive. Des pillages. Des coups de feu. Des hurlements. Notre télévision nationale nous abrutit de fausses nouvelles, de programmes infantilisants. Internet et ses réseaux sociaux amplifient tout. Difficile de s'y retrouver dans cette masse d'informations contradictoires. Impossible de se fier aux rumeurs que le peuple colporte dans son exaltation. Mais on ne peut pas m'empêcher de croire à ce que j'observe dans les artères de la capitale. Ni de m'inquiéter de la baisse de mon chiffre d'affaires. Il se passe quelque chose d'inédit dans ce pays.

Je perds des clients et j'en trouve des nouveaux plus souvent qu'à l'accoutumée. Je n'aime pas renouveler ma clientèle. Sordide ou non, elle constitue mon quotidien. Avec ses repères. Presque ses coutumes. Ses souffrances et ses petits bonheurs. Son train-train étouffant et sécurisant tout à la fois. Mes habitués me rassurent, d'une certaine façon. Ils garantissent la stabilité de ma nation. Même dans sa médiocrité.

11

Parmi les clients récents qui font désormais régulièrement appel à mes services, il y en a un qui me révulse et me déroute. Amine. Je hais ces fils à papa. Je suis surprise par son âge, nettement inférieur à la moyenne de mon agenda. Il a vingt-cinq ans, comme Slimane. Il ne m'a rien dit, mais comme il n'est pas avare de lui-même sur Internet il est facile de savoir qui il est. Le seul fils d'un couple de gros commerçants de la capitale dont la fortune a fait un bond extraordinaire ces dernières années. Des gens bien implantés dans tous les milieux qui comptent aujourd'hui. Amine me surprend aussi par son évident désintérêt pour ce que je peux lui offrir. Il me baise depuis quelques semaines mais il est toujours ailleurs. Il n'y a pas lieu de s'inquiéter pour lui : le business survit à toutes les républiques. Mais il a toujours l'air pressé, jonglant avec les chiffres, donnant des ordres d'achat, sermonnant un fournisseur pour obtenir un rabais. Je ne l'entends jamais traiter des affaires à moins de dizaines de milliers. Même avec moi, il a essayé de négocier les prix. Je ne me suis pas laissée faire. La crise, oui. En solde, non.

D'instruction sommaire, il est indélicat sans être brutal. Il parle vite. Il parle fort. Et se fait sucer entre deux appels, car il ne bande jamais spontanément. M'a-t-il seulement regardée ? Ce que je viens de lui faire lui a-t-il plu, pas plu ? Je ne le saurai jamais. Il se rhabille, lâche la somme convenue, repart sans un regard et sans avoir jamais quitté des yeux ses téléphones.

Au fond, Amine vaut ce qu'il a dans la poche, au dollar près. C'est la valeur qu'il s'accorde. Qu'il représente. Enfant de nouveaux riches, il est une sorte de bête de foire. Bien qu'il dispose d'argent à ne savoir qu'en faire, il est visible qu'il n'a rien appris de la vie. Il faut qu'il les montre, ses billets ! Un véritable spectacle en 3D : Dépenser, Détenir et Dominer. Tout se répond. Comme beaucoup, l'argent lui achète une forme de conscience. Pas une vie, ça non : il serait plutôt démuni de l'intérieur. Mais une existence, oui. Une parure, pour garder sa place. Mon client a trois téléphones. Un greffé sur son portefeuille, pour ses affaires, qui sonne sans arrêt. Un greffé sur son cœur, pour sa famille, qui ne sonne jamais. Un greffé sur ses couilles, pour ses maîtresses et ses habituelles. Des filles sans cervelle qui écartent les pattes pour être sur la photo du samedi soir au night-club, ou sniffer de la coke.

Amine a aussi quatre voitures dans lesquelles il se pavane, bien calé à l'arrière dans ses coussins en cuir. Il n'a jamais jugé utile de passer son permis. C'est Brahim, un vague cousin, qui lui sert de chauffeur. Il l'a sorti à coups de pompe dans le derche de sa campagne. Tant qu'à frimer, autant le faire d'abord auprès de la famille. Notamment de ceux qui n'ont pas su s'en tirer tout seul. Et les rendre à jamais redevables. Soumis. Tout ça sous couvert d'une main grasse. Mais pas partageuse. Faut pas déconner, non plus. Ainsi Brahim vit-il dans la cabane du jardin avec les chiens du gardien. Il est comme ça, Amine. Il éloigne ceux qu'il veut de la misère, mais il ne les en sort jamais. Trop risqué. Chacun son destin, après tout. Il le dit sans détour : « Moi je suis pas instruit mais je réussis. Comme mes parents. Ceux qui sont pauvres c'est parce qu'ils le veulent bien. » Je ne lui demande pas ce qu'il pense des femmes comme moi.

Un jour, cet imbécile a voulu faire un selfie de nous pendant qu'il me prenait par-derrière. C'est un con mais il a compris ce que cela pourrait précipiter. Il a été sensible sur l'instant à mes arguments. La diffusion de la photo où il était reconnaissable ne pouvait que nuire à sa réputation, et à celle de sa famille. Provoquer une baisse radicale de son chiffre d'affaires avec sa clientèle musulmane. Amine sans doute a été moins soucieux de ma situation personnelle que de sa situation financière, mais l'essentiel a été préservé : de selfie, il n'a plus jamais été question.

J'ai d'ailleurs réalisé tout récemment que par ses échanges téléphoniques durant nos séances qu'il anticipait la tendance politique à venir. Il fait actuellement rentrer par bateaux entiers tous les produits qu'affectionnent particulièrement les islamistes : qamis, jilbabs, turbans, hijabs, burqas, burkinis, capes célestines, jupes longues, cagoules, sarouels, chachias, khôl, mirweds, siwaks, ghutras, shemaghs, keffiehs, iqals, terbouchas, savon noir, huile d'argan et de oud, nigelle, parfums au musc, corans enluminés, tapis d'oraison, chapelets, horloges d'appel à la prière... et même des qamis-jogging en vortex, le must. Toute la panoplie, en somme...

Il a, à l'évidence, déjà parié sur la chute du régime et l'arrivée au pouvoir des barbus. Ça doit être ça, le sens des affaires. Le flair. Ce truc dont Slimane semble dépourvu.

Slimane, justement, m'a fait une surprise aujourd'hui. Une invitation pour le bord de mer. Il est venu me chercher en taxi. Un client fortuné lui a laissé un bon pourboire hier après l'avoir retourné, il en marchait presque de travers. Slimane n'a pas la tête aux économies. Alors il dépense tout. Il me fait faire les magasins, n'achète rien pour lui, m'offre tout ce qui me tente. Je suis sa princesse et lui est mon chevalier. Restaurant de fruits de mer. Balade main dans la main sur la plage. Le paradis. Avec Slimane, tout est toujours gratuit. Sans arrière-pensée. Il me gâte comme s'il devait chaque jour me reconquérir. Est-ce ce qu'il pense ? Non. Mais y a-t-il autre chose ? Quoi qu'il en soit, je ne devais pas rentrer trop tard pour Selma. On a fini l'après-midi dans un cinéma. Une comédie populaire qui a déclenché en nous des éclats de rire. On s'est marrés comme des ados au fond de la salle. Nous étions heureux. Je suis rentrée à la maison avec une barbe à papa à la main.

12

Je n'ai compris qu'après plusieurs semaines pourquoi Amine semblait tant s'emmerder quand il couchait avec moi.

Je savais qu'il avait quelquefois croisé Slimane en sortant de mon studio. Slimane m'avait posé quelques questions évasives sur lui auxquelles je n'avais pas prêté attention. On a l'habitude de tout partager. Et je sais comment il fait quand il tombe amoureux d'un nouvel homme. Au moins deux fois par mois...

Avec Amine, comme pour les autres, je n'ai pas besoin d'avoir été présente pour savoir ce qui est arrivé entre eux. Même en fermant les yeux, je peux faire le récit de leur soirée. Car, avec Slimane, ça se passe toujours après la tombée de la nuit. Toujours plus ou moins de la même façon. Comme un rituel, auquel je n'ai jamais participé mais auquel j'ai assisté parfois. Pour mieux comprendre mon amant.

Slimane s'est maquillé très sobrement. Juste pour cacher quelques rides, inexistantes en réalité, mais dont la seule pensée le terrorise. Et pour mettre en valeur son regard pénétrant. Il a choisi un blazer sombre, rehaussé par une cravate et des mocassins. Il s'est arrangé pour croiser Amine dans une soirée. Il s'est invité à sa table. Les filles qui se trouvaient autour de l'objet de son désir ont été priées d'aller sniffer leur drogue plus loin et de s'éclater sur la piste de danse. Slimane a glissé quelques mots à Amine. Ceux-là mêmes qu'il affectionne particulièrement pour leur impudeur. Des mots, des verbes, des adjectifs, qu'il dit avec profondeur. Amine était ferré.

À son réveil, il aura assumé. Ou pas encore. C'est son affaire.

Côté affaires, justement, Slimane est affranchi depuis longtemps. Le Chicago Blues, la boite de nuit où il entraine souvent ses clients, est équipée de caméras. Slimane est de mèche avec l'un des serveurs, un gars mignon qui partage sa couche de temps à autre. C'est ainsi qu'il se protège des mauvais coups de certains, les plus puissants, qui pourraient regretter le bad-trip et tenter de se venger. Filmés, ceux-ci n'ont pas intérêt à ce que leurs turpitudes soient dévoilées. Dans un pays comme le nôtre, il faut veiller à sa sécurité. La manière n'est pas toujours honorable mais elle vous permet de rester en vie. Quelques rares fois, Slimane a fait chanter une victime plus fragile que d'autres. Il ne crache pas sur l'argent. Ce qui lui permet d'être plus généreux que la plupart.

Il m'a suggéré de faire équiper mon studio d'un tel dispositif. J'ai refusé dans un premier temps, craignant qu'un de mes clients ne découvre la manœuvre. Et ne me le fasse payer au prix fort. Et puis j'ai pensé à Selma. Au cas où les choses tourneraient mal, un chantage modeste. Juste pour qu'elle puisse continuer ses études. Rien de vénal. Une assurance. J'ai commencé il y a cinq mois. Je donnais les archives vidéo au fur et à mesure à Slimane pour ne rien garder chez moi. Pour que Selma ne puisse pas tomber dessus par hasard. Ou que, en cas de descente, on ne trouve rien chez nous. Qu'on ne fasse pas de mal à ma petite fille. Cela fait cinq mois.

Je n'ai pas aimé faire ça. Je ne veux pas de mal à mes clients. Mais nos sociétés nous font tant vivre dans la peur. Et la peur nous fait tant transgresser notre morale.

Et puis, un jour, j'ai attendu un peu avant de confier mes vidéos à Slimane. J'ai acheté un petit lecteur et, entre deux clients, au lieu de regarder les conseils beauté de Soraya sur Canal 2, j'ai eu envie de visionner une carte SD. À peine avait-elle commencé que je l'ai arrêtée. Je n'avais jamais vu de film pornographique. Encore moins avec moi comme vedette. Celui dont je venais d'apercevoir quelques scènes me semblait si violent, si obscène… Pourtant il n'avait même pas vraiment débuté. Tout me paraissait écœurant. Cette pauvre fille, je ne pensais même pas qu'elle était moi. Et ce prédateur repoussant, qui posait sa main sur ses fesses... C'était trop.

Mais le lendemain j'ai regardé à nouveau la vidéo. Plusieurs minutes. Mon métier m'oblige à toujours donner le sentiment à mes clients que je les soulage de bonne grâce. Les putes tristes n'attirent que les tordus. Le sourire, le rire de bon cœur et les mots d'encouragement sont le b.a.-ba du métier. On me l'a appris à douze ans à coups de trique. Et l'expérience, depuis tant d'années, m'a convaincue de la justesse de cette imposture. C'est devenu pour moi comme une seconde nature. Mais me voir ainsi rire de ma dépravation, au moment même où elle s'opérait... quelle vulgarité. Désespérée. Plus encore que mon client. Une honte irrépressible m'a envahie.

J'ai pleuré. Je me suis griffée jusqu'au sang. Je n'ai pas prié. J'ai décommandé mes clients. J'aurais pu rentrer plus tôt chez moi ce jour-là. Mais je n'avais pas le courage de croiser le regard de Selma ou d'Omar. Alors j'ai erré dans la ville. Je me suis attardée devant un lycée. J'ai regardé les jeunes filles qui sortaient. Elles aussi riaient de bon cœur, comme moi sur la vidéo. Je me suis demandé quels étaient leurs rêves.

Et soudain je me suis sentie soulagée. Je suis retournée au studio. J'ai relancé la vidéo. Cette fois j'ai regardé, longuement. Je me suis trouvée libre. Je me suis surprise à me désirer moi-même. J'ai enchaîné les cartes SD.

Je me suis trouvée efficace et j'ai trouvé mes clients pitoyables. J'ai ri en voyant ce gros porc de gouverneur me frapper. Si grotesque. Je ne ressentais pas les coups. Juste de la pitié pour ce pauvre type bedonnant. Je le ferais payer plus cher pour me frapper, dorénavant. Il ne méritait pas un si joli cul.

C'est con de tomber amoureuse de ses propres fesses. C'est ce qui m'est arrivé, pourtant. Je n'ai jamais eu de clientes lesbiennes. Si, une fois. Mais je crois deviner que quelque chose en moi a fait peur à cette femme. Elle m'a demandé de me déshabiller, de me mettre en levrette et de ne pas la regarder. Je crois qu'elle s'est masturbée en me regardant. Elle m'a payée. Elle est partie. Je l'ai vue parfois à la télévision. C'est une universitaire assez connue. Je n'ai jamais eu d'expérience lesbienne de ma propre volonté. Ça ne m'attire pas. Je ne tiens qu'à Slimane. J'ai toujours peur qu'il tombe vraiment amoureux, un jour. D'un homme comme Amine. Qui pourrait lui faire vivre une autre vie. Amine, n'est-ce pas pourtant ce qui pourrait lui arriver de mieux ? Un homme jeune, comme lui. Avec de l'argent, un avenir. Qui pourrait même partir avec lui pour vivre à l'étranger. Le faire éditer. Lui apporter la notoriété que mérite mon immense poète.

C'est aussi en analysant en vidéo mes séances avec Amine que j'ai réalisé combien ce garçon était ailleurs quand il était avec moi. Pas tant à cause de son business, comme je supposais. Mais parce qu'il tentait désespérément de satisfaire les attentes de ses parents. D'être un hétéro macho. Qui ferait un digne père de famille, perpétuerait leur nom à travers les générations. Le pauvre Amine aura bien essayé, mais ce que je n'avais qu'à peine ressenti m'a sauté au visage dans ces films. Slimane, lui, l'a repéré au premier regard. Amine sortira de son expérience avec Slimane apaisé et fier, ou piteux et condamné. Mais c'est son histoire à lui.

13

Pour moi, les affaires tournent désormais au ralenti. Je suis obligée de taper dans mes économies. Monsieur le gouverneur ne vient plus que sporadiquement. Un seul rendez-vous aujourd'hui. Éjaculateur précoce, sans un fantasme qui aurait pu lui coûter cher. Vite expédié. Durant l'heure qui suit, je dépéris devant la télé de mon studio en faisant du rameur. Je me goinfre d'une énorme pâtisserie. Je zappe d'une chaîne à l'autre, d'un conseil beauté à un autre. Les chaînes arabes ne sont pas avares de ces conneries. J'en suis friande, ça m'aide à décompresser.

Pour me changer les idées, je décide d'aller fureter chez les libraires à la recherche d'un bouquin sur les mouvements collectifs. Pas pour épater Slimane mais pour réellement comprendre ce qui se passe dans ce pays. La lecture est mon seul vrai loisir. J'ai renoué avec elle il y a de nombreuses années. Entre deux passes.

En fonction de ce que je viens de subir ou m'apprête à vivre. J'ai recours à trois purgations : les conseils beauté des chaînes arabes pour me vider la tête ; la prière pour me purger l'âme ; la lecture pour ne pas crever. La plupart du temps, des essais philosophiques ou sociologiques. J'en lis chaque phrase comme si toute ma vie en dépendait.

Je prends rarement le bus. Je m'y risque aujourd'hui. Toujours habillée de vêtements amples et discrets. Les arrêts défilent. La ville semble plus calme. Nous n'avons croisé que deux regroupements de manifestants. Les habitants font leurs courses. Des klaxons énervés résonnent au passage du bus. Je m'assoupis. Soudain, des cris. Une altercation. Non. Je comprends rapidement ce qu'il se passe. Une jeune femme a décidé de braver des interdits qui jamais n'ont été écrits et risque sa vie. Court vêtue, des bas noirs, des talons hauts. Elle se fait tripoter par des jeunes d'une quinzaine d'années. Des injures. « Sale pute ! » Personne n'intervient. Chez nous, dès que tu relèves la tête tu risques de la perdre. J'ai mal pour elle. Je comprends. Je ressens ce qu'elle ressent. Mais je me dois de me faire oublier.

Elle n'a probablement pas vingt ans. Elle se débat. Repousse des mains collantes, des langues baveuses. Ils sont une dizaine. Une équipe de foot qui rentre de l'entraînement. Certains ont encore leurs crampons aux pieds. La bande alterne obscénités et compliments doucereux. Plusieurs pelotent ses seins. Deux tentent de l'embrasser. L'un d'entre eux remonte sa jupe en glissant sa main vers son sexe. Je me lève brusquement et je les insulte en m'approchant. Je ne sais pas si c'est ma figure rouge de colère ou le fait que j'aie l'âge de leur mère qui les impressionne mais ils finissent par s'éloigner. Elle rajuste ses vêtements. Nous nous asseyons côte à côte.

– Merci, madame. Ces jeunes sont des monstres.

– Jeunes et cons.

Elle éclate de rire.

– Je m'appelle Habiba.

– Enchantée. Moi c'est Malika.

– Je ne sais pas comment cela aurait fini. Juste merci...

– Hélas, ça ne finira jamais, ils s'en prendront à une autre, un peu plus loin, dans un autre bus. Le frottage est ici un sport national !

– La première fois que ça m'est arrivé, j'avais dix ou douze ans, je n'ai pas tout de suite compris, je croyais que c'était de ma faute.

– C'est ainsi qu'on apprend brutalement ce qu'est le passage à l'âge pubère...

– Par les mains sales de gosses en quête de sensations sexuelles. Vous êtes professeure ?

– Non, avocate.

– Je ne sais même plus comment m'habiller quand je sors !

– Vous pouvez vous habiller en long, en large, en paillasson, en meuble… vous êtes un objet de désir dans ce foutu pays !

– On devrait aller voir la police.

– La police ? Mais qu'espérez-vous ? C'est imprudent d'user de son droit, parfois. S'ils vous avaient violée, c'est vous qui seriez condamnée !

– Mais…

– Excusez ma brutalité. Je sais. Je ne vous dis pas que vous avez tort. Je dis juste que d'avoir raison peut vous faire bien du tort. Le droit est une chose. La réalité, une autre.

Habiba dévisage la femme qui l'a aidée…

– Vous vous habilliez comment à mon âge ?

– C'est une longue histoire…

– Vous ne voulez pas prendre un café avec moi ?

– J'avais des choses à faire mais… Très bien.

Je pense à cette autre fille qui sera agressée dans quelques minutes et je ne sais pas si quelqu'un interviendra cette fois. Si la fille osera juste respirer.

Nous descendons à l'arrêt suivant. La plupart des cafés n'acceptent que les hommes. Nous devons en faire quatre avant d'en trouver un dans lequel des femmes sont assises, certaines la cigarette aux lèvres. La tenue de la gamine nous a valu quelques remarques et des sifflements dans la rue. Nous nous asseyons et commandons un café. Je repère que Habiba laisse ostensiblement ses jambes écartées. Je lui suggère de les resserrer. Je ne m'en étais pas aperçue mais elle a l'air plus délurée que je ne le croyais. Sans détour elle me lance :

– Vous en avez connu beaucoup, vous, des hommes ?

– Quelques-uns. Est-ce que je n'ai pas la tête à avoir été mariée dès l'âge de quinze ans ?

– Ce n'est pas ce que je voulais dire. Pardonnez-moi d'être si directe mais... c'est comment ?

– Tu es encore vierge, n'est-ce pas ? Et ça te travaille...

– C'est normal, non ? Je ne peux pas en parler à mes parents. Encore moins à des hommes. Après cet incident...

– Tu appelles ça un « incident » ? Jeune fille, c'est déjà du viol...

– Quand même...

– Ne laisse jamais quelqu'un te faire ce qu'on t'a fait aujourd'hui.

– Ça arrive tout le temps. Toutes mes copines ont vécu ça.

– Toutes tes copines ont vécu ça... mal.

– C'est vrai.

– Et toi ?

– Les deux.

– Les deux quoi ?

– Je l'ai mal vécu. Mais je veux qu'on s'intéresse à moi, à mon corps.

– C'est pour cette raison que tu te tiens comme ça ?

– Vous parlez comme ma mère.

– Et comme toutes les femmes qui ont été jeunes et qui sont devenues vieilles trop jeunes. Préserve-toi. Je vais te parler très crûment. Tu as droit au désir. Mais prendre du plaisir passe rarement par les hommes. Et jamais par ceux qui sont violents.

– J'ai lu sur un blog que l'émancipation des femmes passait par la sexualité…

– Tu as l'air d'avoir quelque chose dans la caboche. Tu as quel âge ? Tu fais des études ?

– Dix-huit ans. Je suis un cursus de littérature à la fac.

– Ce sont tes lectures qui te travaillent ?

– Parfois…

Elle prend une longue inspiration, regardant à droite et à gauche.

– Je vais vous choquer…

– Ça m'étonnerait…

– Je ne sais pas encore si j'aime les hommes ou les femmes.

– On peut aimer les deux, mais ta vie sera plus simple dans notre pays si tu aimes les hommes.

Cette gamine pleine de vie, d'envie et d'enthousiasme me réjouit. J'aurais aimé être une jeune fille comme elle à son âge. Dieu et mes clients en ont décidé autrement.

– Mais y a pas que ça dans nos vies. Tu ne crois pas ? Les manifestations, par exemple, tu y participes ?

– On y va, avec des amies de la fac. On tire des tracts, on les distribue.

– Vous réclamez quoi ?

– Que tout le monde puisse faire des études. Qu'elles soient gratuites. Et qu'il y ait du travail pour les diplômés. Et puis tout le reste : l'éducation, la santé, la liberté, la démocratie...

– Rien que ça ! Bon, il faut que j'y aille. La note est pour moi.

– Je vous reverrai, Malika ?

– Non, je crois pas.

– Vous ne m'aimez pas ?

– Si je t'apprécie, ma petite. De parler avec toi m'a même fait du bien. Mais je ne suis pas la meilleure des personnes pour t'orienter dans la vie.

Habiba me remercie. Je l'invite à vivre toujours libre mais à rester prudente. Elle me quitte. À peine est-elle sortie que j'entends les sifflements et les injures.

14

En fin de journée, je décide de repasser au studio avant de rentrer à l'appartement et de retrouver Selma. Ma courte discussion avec Habiba m'a fait plaisir mais elle m'a aussi remis en tête l'absence de Slimane. Et les inquiétudes, sûrement sans fondement, qui vont avec. Je sens que ça ne tourne pas rond chez moi. Ça m'arrive. Des moments de blues. J'appelle Omar pour l'avertir que je rentrerai plus tard qu'à l'accoutumée. Si Selma pouvait dormir à l'épicerie... Elle y a pris ses habitudes. Omar ne se couche pas. Sa boutique est ouverte toute la nuit. Il somnole à l'entrée, derrière sa caisse. Il n'y a jamais beaucoup d'argent. Il occupe rarement sa chambre à l'arrière de l'échoppe. Selma aime y dormir. Les odeurs des épices l'apaisent.

Je suis rassurée de ce côté-là. Parce que, du mien, ça va de moins en moins bien. La crise est vraiment plus violente que d'habitude. J'allume un joint pour me calmer mais ça n'a pas l'effet escompté. D'ordinaire, je préfère ne pas boire d'alcool. Si je perds conscience, je risque de perdre la vie. Je le sais. C'est l'histoire de tant de filles, depuis si longtemps. Je tourne en rond dans le studio. Regarde ma gueule dans les miroirs. Je me trouve vieille. Je connais cette envie de me détruire qui me ronge dans ces moments-là. Je l'ai retournée si souvent en moi. Mais cette fois j'arrive à mettre un nom sur ma détresse. Amine. J'en suis soudain persuadée. Amine va me prendre Slimane. C'est évident. C'est certain. C'est déjà fait. Il est jeune, je suis vieille. Il est riche. Il est homo. Je ne suis qu'une femme.

Dans un autre temps, encore récent, je me serais tailladée. Mais j'ai décidé d'être égoïste. D'être libre. Déjà trois semaines que Slimane n'est pas venu me voir, trois semaines que je suis privée de ses vers, de son regard, de sa tendresse, de ces moments où nous nous isolons. Depuis qu'Amine est entré dans sa vie, j'ai peu à peu senti que ce n'était pas pour lui qu'une passade. Ses liaisons sont souvent intenses mais, l'illusion passée, Slimane revient m'en faire le récit. Toujours le même. Slimane en souffre toujours un peu. Je sais le réconforter. Mais là c'est différent.

Hier, je suis passée au Chicago Blues. Dans l'arrière-salle. Les amis de Slimane déniaisaient un éphèbe sorti de sa campagne pour trouver de quoi vivre. D'une beauté à faire rougir même une pute. Il avait deux possibilités en arrivant à la capitale : gigolo pour riches veuves poussiéreuses ou travesti. Son cul a fait son choix. Enlacés, Slimane et Amine contemplaient le spectacle en sirotant un whisky. Slimane m'a regardée mais je crois qu'il ne m'a même pas vue. Grisé par l'alcool, les illusions du désir.

Ce soir j'ai décidé de ne pas être une victime. En quittant le studio, je pars acheter du vin dans un tripot clandestin que je connais. Calfeutrée chez moi, je bois verre sur verre. J'ai oublié de récupérer Selma chez Omar. Le soir venu, apercevant de la lumière à ma fenêtre, il l'accompagne jusqu'à notre porte. Comme d'habitude, il n'a pas voulu entrer. Une pudeur ancestrale que j'admire chez lui. Un drôle de mot, la pudeur. Quelque part en moi, elle subsiste. J'en ai besoin pour survivre. Cette société aussi.

Je bois très rarement. C'est la première fois sans doute que Selma me voit saoule. Je lui ai appris à prier. Je suis à cheval sur la question. Sans être infecte. Je parle à peine à ma fille. Je l'envoie se coucher. Enfin, j'essaye. Car, du haut de ses treize ans, elle me fait un cours de religion appuyé. Les ravages de l'alcool, le Coran, les hadiths, l'enfer. Je l'insulte. Je n'ai jamais fait ça. Elle me répond. Elle n'a jamais fait ça. Je la gifle. Je l'ai fait quelques fois. Elle court dans l'escalier. Elle rejoint Omar. Je la rattrape en titubant. Les voisins se sont mis à leur fenêtre. Selma m'insulte à nouveau sous les yeux d'Omar. Il me fait un signe bienveillant de la tête accompagné d'un doux sourire qui m'apaise. Il met sa main sur la bouche de Selma, qui accepte ce bâillon. Il me propose de la faire dormir à l'échoppe. Je dis oui. Et je remonte les étages en maudissant tous les voisins du monde qui se repaissent du malheur des autres.

Je rentre dans mon appartement. Je cherche sur Internet le téléphone des parents d'Amine. De gros commerçants. Ils sont connus. Ils ne s'en remettront pas. Pas longtemps. Les boutiquiers, ça se remet toujours de tout. Tant qu'on n'entame pas leur capital… Bien sûr, pour une famille chez nous, découvrir que son garçon est gay, ça fait toujours un peu mal. La réputation. L'image de marque. Je leur indique où ils peuvent trouver leur fils. Je leur donne des détails sur sa vie homosexuelle. Des descriptions crues de ce qu'il fait, de ce qu'il aime. Je leur dis que je suis une amie de la famille qui admire leur réussite, qui leur veut du bien. Qui souhaite rester anonyme. Je raccroche. Je bois. Je me crache au visage en me regardant dans un miroir. Je vomis.

Au matin, mon portable sonne. Le numéro de Slimane. Il se souvient enfin de mon existence. Le poète n'aura sans doute pas le cœur à la rime. Mais ce n'est pas lui qui a en main son téléphone mais Anouar, l'un de ses amis. Il me raconte leur nuit. Des hommes sans états d'âme ont fait irruption au Chicago Blues. Derrière eux, un gros rougeaud éructait des ordres. On a arraché Amine des bras de Slimane et on l'a jeté dans une voiture. Le rougeaud a donné un dernier ordre et s'est engouffré à son tour dans le véhicule. Anouar ne se souvient que par bribes, car il est encore commotionné. Plusieurs des types ont cassé tout ce qui tenait debout dans la boîte : hommes, femmes, bouteilles, verres, assiettes, cendriers, tables, chaises, canapés, Slimane. Ils étaient trois à s'occuper de lui. Deux lui ont écartelé les cuisses. Le troisième lui a écrasé les parties à coups de talon. Puis ils l'ont retourné et lui ont détruit l'anus à coups de bouteilles brisées. Ils l'ont laissé baigner dans son sang. Il est à l'hôpital. Cependant il s'en sortira.

Je raccroche. Me regarde dans la glace. Je contemple mon beau visage de quadragénaire et je passe un coup de lame de rasoir sur la salope que je suis devenue cette nuit. Un seul coup de lame. Rapide. De mon œil droit à la commissure gauche de mes lèvres. Le sang gicle sur le miroir. Je serre les poings et je tombe en arrière.

15

Quand je me réveille, je tiens fermement la main d'Omar. La chambre d'hôpital est faiblement éclairée. Il me susurre à l'oreille :

– Oui, bien sûr. Je suis certain qu'Allah vous a déjà pardonnée.

– Pardonné quoi, Omar ?

– Ce n'est pas à moi de le dire. Depuis que vous êtes arrivée ici, vous serrez ma main et vous demandez sans cesse : « Est-ce que Allah va me pardonner ? » Bien sûr, qu'il vous pardonne.

– Vous savez ?

– Je ne sais rien. Mais Allah pardonne toujours aux justes.

Des larmes coulent sur ma joue, brûlant la blessure qui barre en diagonale mon visage.

– L'incision est profonde mais une lame de rasoir ça coupe bien. Alors ça se recolle mieux que lorsque c'est déchiré. Votre œil n'a pas été touché. C'est votre nez qui est le plus entaillé. Les médecins ont dit que vous alliez retrouver votre beau visage, Nour.

– Sans cicatrice ?

– Je ne vais pas vous mentir. Mais vous pourrez continuer à pratiquer votre métier. Vous serez toujours aussi belle malgré ça.

– Vous savez…

– Oui.

– Comment ?

– Ces choses-là ne se savent pas toujours. Des fois, elles se devinent. Selma ne sait rien, rassurez-vous.

– Elle m'a vue dans cet état ?

– Non. Elle dormait dans l'arrière-boutique.

– Où elle est maintenant ?

– Au collège.

– Merci, Omar. Comment… ?

– N'en dites pas plus. Nous sommes tous des pécheurs. Je n'ai de leçons à donner à personne.

Je serre sa main si fort que je pourrais lui casser un doigt. Il sourit, juste, et me fait promettre de me reposer.

Il s'occupe de Selma les jours suivants. Pour justifier la présence de la cicatrice qui barre désormais mon visage en diagonale, Omar a prétexté un accident, préparant Selma à me voir ainsi abîmée. Jamais je ne lui dirai que je me suis moi-même fait cette blessure.

Je ne revois Slimane que deux semaines après cette nuit terrible. À mon studio. Il marche encore difficilement. Dès qu'il me voit, il me prend dans ses bras. Et ne s'inquiète que de moi, de ma santé, de Selma dont je lui ai si souvent parlé et qu'il n'a vue qu'en photo, et de ce si charmant épicier, Omar. Il caresse tendrement ma cicatrice et me dit que je suis magnifique. Encore plus gracieuse. Et puis il me raconte la révolution. Maintenant qu'on lui a arraché Amine, il est motivé comme jamais pour un changement total de régime et de société. Il a décidé de se lancer lui aussi dans la bataille. D'animer un blog vidéo sur le soulèvement. De donner ses plus beaux mots à l'insurrection, au désordre, à la subversion. Pour que chacune et chacun ait le courage d'être. Pour dire la liberté aussi. Celle des mœurs. Celle de la pensée surtout. Il y croit, à sa révolution. Mais tout cela me fait peur.

Slimane a eu des nouvelles d'Amine par l'une de ses sœurs. Il va bien. Ses parents l'ont fait tabasser. Ils l'ont humilié. Puis ils lui ont pardonné. Cet égarement de jeunesse sera à mettre au compte d'un passé désormais révolu. Il va bientôt se marier. Les parents de la fiancée sont d'accord. Elle, on ne lui demande pas davantage son avis. Une fille de gros commerçants épousant un fils de gros commerçants, cela fera naître une lignée de très gros commerçants. *Ite missa est.*

Avant que l'on se quitte, je veux lui avouer ce que je lui ai fait. Je n'en ai pas le courage. J'ai retrouvé mon poète. Il me serre dans ses bras. Il a perdu un testicule. Je veux voir. C'est étrange. Surprenant mais pas laid. Il tient à me rassurer. Je suis heureuse. Slimane s'assied auprès de moi. Il me prend la main. Il la serre très fort. Je l'ai retrouvé. Je ne sais pas si c'est l'épreuve qu'il vient de vivre. Je ne sais pas si ce sont les autres tribulations qui nous attendent dans ce pays en plein soulèvement. Mais il me dit qu'il veut être là pour moi. Pour ma fille. Il me dit qu'il sera là dorénavant. Qu'il n'y aura plus d'absences. Mon Slimane m'est revenu. Je lui serre aussi les mains. Avec les larmes aux yeux. Et avec le sentiment amer d'être une pute doublée d'une garce.

Ironie de l'histoire, ou coup de pouce du destin, pour encourager leur fils dans la voie de l'hétérosexualité, les parents d'Amine ont décidé de confier sa rééducation à une prostituée. Une experte, tout ce qu'il y a de plus discrète. Et c'est donc ainsi qu'une après-midi je reçois Amine, son père et sa mère pour discuter sans détour de ce qu'il convient d'entreprendre, et pour quel tarif. En terrain connu, Amine respire mieux. De mon côté, je suis décidée à remettre le jeune homme dans le « droit chemin ». Pardon, maman. Tu n'as jamais été éduquée mais tu es toujours restée droite, bienveillante. J'ai échoué là où tu as brillé.

16

Cela fait trois semaines que j'ai repris mon travail. Ma cicatrice n'a pas effrayé mes clients. Ça en a excité certains. Dans la capitale, les soulèvements prennent chaque jour de l'ampleur. Slimane y apporte désormais sa contribution par son blog vidéo. C'est tous les jours plus difficile d'arriver jusqu'à mon studio. Le pouvoir ne cherche même plus à masquer les traces des affrontements de la nuit. Des barricades sinistrées et des carcasses de véhicules renversés s'accumulent dans la ville. Des chars solitaires, aux tourelles béantes et fumantes, sont les témoins peu loquaces des violences de la nuit. Les combats se livrent aux seuls ordres de l'arbitraire et des hasards de l'infortune. Même en plein jour, on court dans les grandes artères, dans les ruelles. On tire. Des groupes se forment puis disparaissent. Les rebelles visent l'armée. L'armée vise les civils. Malheur à qui se retrouve entre les mains des militaires. Les cris des torturés hantent les tortionnaires. Peu d'entre eux sont convaincus de leur combat, de leurs méthodes, de la culpabilité de leurs victimes. Malheur aussi à qui se retrouve entre les mains des insurgés. La foule n'a pas le goût des longs procès.

Parfois, il faut enjamber un cadavre. À demi calciné ou aux membres désarticulés. Celui-ci n'a plus de tête, mais il se cramponne encore à une banderole qui a bu son sang. Je prie pour lui et sa famille. Dans la rue, on attaque vite et on se replie tout aussi vite. On se cache dans des commerces, dans les cages d'escalier. On se réfugie chez un ami qui a une console de jeux, de l'alcool, du shit. L'instinct rend alerte, précis, rapide. Les morts et les blessés s'accumulent. L'agonie à chaque coin de rue.

Comme les divinités anthropophages, la liberté réclame ses sacrifices. Et le peuple n'est pas avare de martyrs. Pas de chômage lorsqu'il faut des héros. L'offrande de soi aux idéaux collectifs, quels qu'ils soient, est un mécanisme qui fonctionne à plein régime. Les plus chanceux auront leur patronyme sur une plaque de rue défraîchie. Certains, un nom dans une liste interminable sur un monument. Presque tous seront oubliés. Même s'ils auront contribué à écrire des pages qui feront la fierté des vivants.

Pour le reste, même s'il y a toujours des fortunes à faire dans les pires moments de crise, l'économie du pays est au plus mal. Mon activité continue de péricliter. La peur fait se recroqueviller les libidos. Le tourisme a plongé lui aussi. J'ai rarement des clients étrangers, avec mon système de recommandation. Mais il y a quelque temps j'ai accepté un journaliste de Washington que m'a adressé le rédacteur en chef d'un de nos quotidiens locaux. Un client sans histoires. Petite affaire. Il me tient au courant des rumeurs. De celles qu'on ne peut pas écrire dans un journal dans un pays à la presse muselée. Mais qu'on peut confier à sa pute habituelle, bien qu'il y ait toujours un risque qu'elle travaille pour la sécurité intérieure.

Mon client me parle en anglais. Il couvre les « événements » en buvant du scotch et en se tapant des putes. C'est le type le plus décomplexé que j'aie croisé dans ma vie. Cool, américain... Une caricature. Il ne cache même pas son alliance. Il me montre des photos de sa femme et de ses gosses juste avant de jouer avec moi. Je suis son fantasme d'Orient. Nous voilà revenu au temps des colonies. Au temps des soldats qui démontaient les collègues plus âgées de ma mère. Le micro et la caméra ont remplacé la grenade et le fusil. Mais les mains qui se ferment sur les chairs sont toujours aussi sûres d'elles-mêmes. Cette toute-puissance qui exulte de se regarder dominer le monde. Jusqu'à la nausée.

Celui-là est une espèce de grand gosse suffisant d'une cinquantaine d'années. À la mâchoire carrée. Aux dents carnassières étonnamment blanches. Jovial, il pourrait presque paraître sympathique. Riant de ses bons mots en anglais dont je ne saisis pas vraiment le sens. Ou de ses calembours en arabe qu'il est le seul au monde à comprendre. Je crois que sa tournée des putes est aussi pour lui une manière de s'informer sur la situation. Sur l'état profond du pays. Ne sommes-nous pas le déversoir de toutes les lamentations de cette société ? Après avoir éjaculé, il me pose des questions. Il prend des notes sur ce que je dis dans un petit carnet gris. Je reste prudente. Je lui sors des banalités comme : « La révolution c'est bien pour certaines choses mais des fois les traditions ont aussi du bon. » Je crois qu'il n'est pas dupe. Il m'explique que, côté sexe, il est du matin, et me sort une nouvelle liasse de billets.

Vidé, il s'affale sur mon canapé et me réclame une bière. Ce type est partout chez lui... Il se met à écrire frénétiquement sur un minuscule ordi portable, son petit carnet ouvert juste à côté. Je m'essuie et enfile un peignoir pour retrouver un semblant d'allure. Lui, toujours à poil, compose un numéro sur son téléphone. Il dicte en anglais son reportage pour l'édition du soir. Anglophone par goût autant que par nécessité, j'en comprends l'essentiel : « Le “printemps arabe” est un néologisme vide de sens. Les Arabes ne connaissent que l'été et l'hiver. Pas la nuance. Si l'on peut déplorer la brutalité de l'actuel régime, on sait aussi combien ces pouvoirs autoritaires sont un rempart contre le fondamentalisme. Certains s'enivrent du parfum de la révolution mais aucune chancellerie occidentale ne peut regarder sans effroi la montée probable et déjà en partie visible des Frères musulmans. En pleine révolution, cette société fait un tour complet sur elle-même et plonge dans son passé. Loin de vouloir s'émanciper, elle veut restaurer les tabous archaïques : l'illusion d'une société musulmane idéale est plus forte que les lumières de la modernité. Comme me le confiait l'une des éminences grises du pouvoir... » L'Américain me demande :

– C'est quoi ton nom, déjà ?

– Euh, qui ça ? Moi ? Ben... Malika.

Il dicte à nouveau : « Je reprends, Mary. Vous y êtes ? Oui, donc : Comme me le confiait l'une des éminences grises du pouvoir... pour ne pas la mettre en danger, nous l'appellerons Malika : "La révolution c'est bien pour certaines choses mais des fois les traditions ont aussi du bon." Ce témoignage résume à lui seul la problématique actuelle dans les pays arabes et en particulier pour cette nation. Comment ce peuple privé de toute tradition démocratique va-t-il pouvoir résister à l'ascension des barbus ? Il ne peut qu'être séduit par les discours simplistes teintés d'un racisme anti-blanc bon teint : le colonialisme reste un bouc émissaire idéal et l'Occident ne cesse de se faire rançonner à cause de cet épisode de l'Histoire. Pourtant, nous qui avons appris de nos révolutions pouvons le leur dire : là où la religion passe, la liberté trépasse. »

Je me suis un moment interrogée sur son identité de journaliste. J'ai pensé que c'était un agent de la CIA. Dans nos rues, on a autant de chance de se heurter par hasard à un espion d'un service étranger qu'à un nervi de la sécurité intérieure. Sans jamais savoir qui alimente qui. Qui manipule qui.

Mon Américain me quitte en se fendant d'un « *Bye bye !* » enjoué et d'une dernière tape sur mes fesses.

Je n'ai pas de passion pour ces étrangers. De temps en temps, ils dépaysent. Je me fais traiter de « salope » ou de « sale pute » dans des langues différentes avec parfois des accents chantants. On voyage comme on peut. Les touristes qui ont déserté le pays me sont un réel manque-à-gagner. Les révolutions ne s'embarrassent guère des contraintes du petit commerce. Les économies souterraines se créent et se recréent à l'envi. Mais mon métier à moi réclame une stabilité, une sérénité, un bien-vivre. Les révolutions et les professions à risques, ça ne fait pas bon ménage.

L'arrivée en masse de petites affamées dans mon secteur d'activité est une tragédie. Prêtes à toutes les turpitudes pour un morceau de pain. La chair fraîche, ça excite le client. À mon âge, il n'est déjà pas facile de le fidéliser... Non, décidément les révolutions sont peu charitables pour les petites gens et les indépendants. Et puis, pourquoi me payer ? En ces temps troublés, le viol est l'ordinaire de tant de femmes. Pendant les révolutions, il n'y a qu'à se servir.

17

Monsieur le gouverneur refait surface. Sans prévenir. Avec sa tête des mauvais jours. Je vais trinquer... Mais l'important c'est que l'argent va rentrer. Mais quelque chose en lui a changé. On dirait qu'il a pleuré. Ses épaules sont plus basses qu'à l'accoutumée. Il paraît vieilli. C'est son fantasme du jour qui me surprend le plus. Il me demande de lui infliger une punition. D'inverser les rôles. Ça m'effraie. Mais il insiste. Il dit savoir que je fais cela pour d'autres clients. J'essaie de le convaincre qu'un gouverneur ne peut pas se faire humilier ainsi. Il me donne une série de claques, il me traite des habituels « salope », « sale pute ». Il me tend une paire de menottes et la cravache. Il voit que j'hésite toujours. Il se déshabille. Il tente de s'attacher lui-même au radiateur. Il me supplie. Je ne comprends pas ce qui se passe. Il me crache au visage. Il insulte cette fois ma mère. Il me donne des détails sur elle qu'il a sûrement lus dans un dossier de la sécurité intérieure. Des choses avilissantes. Je frémis mais je résiste encore. Mais lui insiste. Il veut saigner. Il est prêt à payer une fortune pour que son sang se mêle à ses larmes. Je pense à l'école de Selma. Mais je refuse encore. Trop de risques. Un gouverneur… Il a compris qu'il faudra en dire davantage pour me faire craquer. Le monde s'effondre sous mes pieds lorsqu'il prononce le nom de Selma. Ce porc sait que j'ai une fille.

Je saisis la cravache. Il ferme spontanément les yeux. Je frappe de toutes mes forces. Je ne m'appartiens plus. J'accompagne chaque coup porté d'une insulte, du nom de ma mère. Je revois Nejma, ces milliers de filles violées qui font la une des journaux et toutes ces victimes des exactions du pouvoir. Et surtout je suis tétanisée par le visage de Selma, omniprésent dans ma fureur. Je frappe durant plusieurs minutes. À aucun moment il ne me demande de frapper plus fort. Dès le premier coup il a tressauté. Je le finis à coups de talon sur ses fesses molles avant d'écraser ses testicules entre mes doigts. Je tire d'un coup sec sur ses bourses puis relâche. Il pousse une sorte de cri suraigu et s'effondre contre le radiateur. Je suffoque. J'ai mal à l'épaule, au bras, aux doigts. Je suis en sueur. Je reprends lentement mes esprits. Et soudain je comprends ce qu'il se passe.

Je le secoue violemment. Lui hurle dessus. Tant pis pour les voisins, ma réputation, mon commerce. Ce qui pourrait m'arriver de pire : qu'un client claque. Il faudrait prévenir la police. Selma découvrirait tout. Elle en serait meurtrie à jamais. Fille de pute, ça te ruine une vie. Mais il y a toujours pire. Qu'un personnage haut placé meure dans mon lit. Et, pire encore : qu'il meure des coups que je lui ai portés. Ce n'est plus seulement l'infamie mais une promesse de tortures. D'une mort violente, le cœur battant. Selma.

Je secoue le gouverneur de toutes mes forces. Il pue la sueur, le sang, la pisse. Je pleure, hurle, le frappe. Je crie le nom de Dieu en l'implorant. J'ai mal partout. Je suis exténuée… Il finit par remuer. À peine. Ouvre les yeux. Ausculte le plafond du regard. Il grimace. Il pense vite, monsieur le gouverneur. Il analyse rapidement la situation. Sa situation. Il comprend que le jeu est allé trop loin. Il trouve assez d'énergie pour me rejeter en arrière. Je vais cogner de la tête le pied du lit. Il se relève difficilement mais finit par se redresser. Pour aussitôt retomber vers l'avant, saisi par la douleur. Il porte la main à ses couilles en grimaçant. Il renifle sa chemise imbibée de sang, d'urine. Il se place devant le miroir, découvre ses blessures. Il revient vers moi, me gifle violemment, me relève la tête, lèche ma joue, me crache dessus. Puis il me lance une poignée de billets au visage. Un bonus.

À demi inconsciente, je l'entends se laver, se sécher, se rhabiller. Gémir. Je l'entrevois par la porte de la salle de bains rajustant son pantalon sur son gros ventre.

Il marche maladroitement mais il a l'air étrangement calme. Il me regarde. Il m'embrasse alors avec tendresse et quitte le studio. Je n'arrive pas à haïr cet homme qui incarne pourtant tout ce qui ruine notre nation.

Je me lave de toute cette merde. Je fais ma grande ablution, j'ouvre mon tapis de prière, je l'oriente vers La Mecque. Ce n'est pas l'heure de la prière mais j'ai eu si peur. En larmes, je m'abandonne à Dieu. À l'image que je m'en fais. Une sorte d'Omar. Barbu, jovial, bienveillant. Si le gouverneur était mort sous mes coups, j'aurais subi des tourments à peine imaginables. Ma fille aussi aurait été suppliciée pour me pousser à parler. Mais je n'aurais rien pu dire d'autre que la vérité. « Je ne suis qu'une pute, pas une insurgée. C'est le gouverneur qui m'a forcée à… » On ne m'aurait pas crue. Le viol de ma fille aurait été ma dernière vision en ce monde. Puis on m'aurait égorgée. Je ne remercierai jamais assez Dieu de nous avoir épargnées ce jour-là.

18

Malgré la crise, j'ai reçu trois autres clients juste après monsieur le gouverneur. C'est toujours ça de pris. Je finis la journée avec le dos et le bras insensibles. J'ai des courbatures. Mais j'ai de nouveau de quoi vivre pour un moment et payer l'école de Selma.

Je rentre chez moi. Pour y arriver, le taxi doit faire un détour de plus en plus large, car de nombreux quartiers sont désormais aux mains des insurgés. Il fait déjà nuit. On entend des coups de feu, des cris de liesse. On croise encore et toujours des groupes portant banderoles et poings levés. Comme chaque jour, une épaisse fumée noire monte du centre-ville. Son odeur pénètre le taxi. Cette soirée est particulière. Le régime tente un nouveau coup de bluff. Une contre-manifestation est censée redorer son blason. Des centaines de cars ont ramené des campagnes de pauvres hères qui ont accepté quelques pièces pour venir crier des slogans de soutien au tyran.

Ils passent en boucle sur les chaînes nationales. Les vrais manifestants, hostiles au pouvoir, auront tôt fait de disperser ces paysans à coups de cocktails Molotov et de barres de fer. Ces troupes sont trop mal payées. Leur encadrement par des flics en civil aléatoire. Je n'ose pas parler des événements au chauffeur. Lui non plus. On ne sait plus qui est qui. C'était déjà pas simple avant…

Selma m'a fait une jolie surprise. Son bulletin de notes du trimestre est le meilleur de tout le collège. Le conseil de classe a eu lieu il y a déjà dix jours mais nous recevons tout juste le courrier. Pour fêter ça, Omar nous a préparé un repas princier. J'ai essayé de le faire venir à table avec nous, mais sa pudeur lui a interdit de franchir notre porte. Il nous salue depuis son échoppe. Selma s'inquiète un peu de me voir courbaturée. Je prétexte un abus de rameur. Elle me lit sa dernière rédaction. Je lui demande de me raconter l'un des contes d'Omar et je m'endors dans ses bras.

Au matin, je ne l'entends même pas partir. C'est le téléphone qui me réveille. La matinée est déjà bien entamée. Le gouverneur. Il veut absolument me voir. De toute urgence. Il parle vite. Fort. Je crains qu'il ne se soit ravisé et n'ait finalement décidé de me faire payer très cher cette séance. Je pense à Selma. Je m'habille frénétiquement. Moins d'une heure plus tard je suis à mon studio. Il me rejoint quelques minutes après. En entendant son chauffeur garer la voiture, je remarque

que ce n'est pas la rutilante américaine de d'habitude. Monsieur le gouverneur n'est pas davantage reconnaissable que les autres matins. Ses lunettes de soleil et ses vêtements quelconques lui assurent une certaine confidentialité. D'ordinaire, il sacrifie ce relatif anonymat au clinquant de sa bagnole. Il ne peut pas s'en empêcher. Pas cette fois. Je m'assure que nul agent de la sécurité intérieure ne s'apprête à venir m'arrêter. J'essaie de me raisonner. Je ne devrais pas m'inquiéter. Il m'a quittée dans de bonnes dispositions. En entrant dans le studio, il m'annonce d'emblée que ce n'est pas prudent de sa part mais qu'il n'a pas résisté à l'envie de me baiser une dernière fois. Pour me rassurer instantanément, il précise que je ne cours aucun risque. Pas de malentendu. C'est lui qui s'en va. Il quitte le pays.

Il est arrivé gonflé à bloc, comme s'il était encore gouverneur. Cependant il n'arrive pas à bander. Son sexe se recroqueville sur lui-même. Sa cravache se transforme en un grotesque mouchoir qu'il tire de sa poche. Il ne fond pas en larmes, mais si je lui soufflais dessus il se transformerait en un nuage de cendres. Mon plus gros client, dans tous les sens du terme, fout le camp. Il m'annonce la chute du régime. Dans quelques jours. Il devrait être parmi les premières victimes du peuple. Sa femme et ses gosses l'ont déjà quitté. Avec l'essentiel de son argent. Nécessité fait loi...

Cet enfoiré est en train de m'expliquer qu'il veut me baiser gratos. Qu'il n'a même pas un billet pour persuader son chauffeur de le mettre à l'abri de l'autre côté de la frontière. Il se plaint d'avoir été lâché par ses contacts occidentaux, en particulier les Français qui venaient entretenir leur bronzage au bord de sa piscine chaque été. Et à qui, invariablement, il offrait une montre de luxe ainsi qu'une parure de diamants pour leur femme ou leur maîtresse.

Penser à Selma et Slimane m'empêche de lui porter l'estocade. La magnanimité est la richesse des sages et des couseurs de rimes. Je vais chercher une liasse de billets, griffonne le nom d'une amie, une adresse. Le gouverneur sera en sécurité et pourra fuir à l'étranger par cette voie. Mais il y a un prix à payer. Modeste. Juste un nom. Je saisis le gouverneur à deux mains.

– Dis-moi qui vous a informé de l'existence de ma fille.

– Je ne sais plus. Il y a tellement de dossiers…

– Dis-moi qui est cette raclure !

– À quoi bon ?

– Je vais lui faire payer le prix fort, à ce rat.

– C'est un de nos meilleurs éléments… Il nous a donné des milliers de noms. Certains en sont morts.

– Un agent des services ?

– Non, un informateur zélé.

– Grassement rémunéré…

– Pas que je sache. Je crois qu'il dénonce par vice plus que par nécessité.

– Qui est-ce ? ! Son nom ! Le nom de ce salaud !

– Il tient une épicerie.

– Où ? Dans quelle partie de la ville ? Près de ce studio ? C'est un type que je croise tous les jours par ici ?

– Il est de ton quartier. Omar, je crois. Oui, c'est ça. Omar.

La bouche béante, le souffle coupé, je relâche le gouverneur, qui s'affaisse contre le lit. Il poursuit :

– Il a beaucoup cuisiné ta fille pour avoir des renseignements sur toi. Rassure-toi, il ne lui a fait aucun mal. Sa méthode à lui, c'est la douceur.

Mes tripes explosent.

– Il... Il l'a touchée ?...

– Non, je ne pense pas. Je ne pense pas que ce soit son truc, les petites filles.

Je respire de plus en plus fort. Le gouverneur se délecte. J'ai toujours une bombe anti-agression sur moi et aussi un couteau. J'égorgerai cette ordure d'Omar. Le gouverneur me remercie pour mon aide. Il me regarde quelques instants. Il baisse les yeux et sort du studio.

Cette fois je ne prends aucune précaution. Je laisse mon attaché-case, je prends juste mon sac à main et je saute dans le premier taxi. Nous sommes à nouveau contraints de faire un détour pour éviter les quartiers les plus agités. On croise des hordes de manifestants.

Parfois, au loin, d'épaisses fumées montent d'immeubles. « Des bâtiments officiels », selon le chauffeur. Lui aussi doit continuer à travailler malgré les circonstances. Il me raconte qu'il a déjà chargé des blessés pour l'hôpital.

Je laisse le taxi derrière moi à l'entrée de mon quartier. J'arrive en courant dans ma rue, la main dans mon sac, prête à frapper. Mais, à peine dans l'artère, je découvre un attroupement, une ambulance, deux véhicules de police. Des volutes noires s'échappent de l'épicerie d'Omar. Je hurle :

– Selma !

Ma fille surgit d'un groupe de badauds. Je reconnais la voisine qui la tenait par la main. Selma se jette dans mes bras en larmes.

– Maman, ils ont tué Omar ! Pourquoi ils ont fait ça ?

Je referme mon sac à main. Selma se blottit contre moi.

– Pourquoi, maman ?

Un voisin avec qui j'ai déjà échangé quelques mots me montre les inscriptions que les meurtriers ont tracées sur la façade de l'échoppe : *Sécurité intérieure. Traître à la cause du peuple.* Il m'explique que les voisins ont été alertés par les flammes. À leur arrivée sur les lieux, Omar, égorgé, gisait dans son sang.

Je suis tellement retournée par tout ce que je viens de vivre que je ne pense même pas à demander à Selma ce qu'elle fout là au lieu d'être au collège. Elle me sert spontanément une excuse cousue de fil blanc que j'avale sans sourciller. Et me quitte pour retourner à ses cours. Je passe le début de l'après-midi à dormir, aidée par un somnifère.

19

À mon réveil, je reprends conscience de tout ce qui vient de se passer. Le départ du gouverneur. Omar. Son exécution. Je consulte Internet. Les appels internationaux et le réseau sont coupés à certaines heures par le pouvoir, puis tout semble fonctionner à nouveau quelques heures plus tard. Je cherche à regarder la dernière vidéo de Slimane. Généralement transmise en différé, elle l'est cette fois en direct. Slimane est enthousiaste. Il y aurait deux millions de personnes dans les rues. La chute du régime serait proche. Il diffuse des images enregistrées sur des portables. On y voit des foules en liesse, des affrontements, d'immenses panneaux aux slogans révolutionnaires et des statues, symboles du pouvoir, mises à terre. Des cadavres de soldats. Des cadavres de manifestants. Des bâtiments en flammes. Des attroupements autour de mosquées après la prière collective du vendredi. Parallèlement, sur la chaîne nationale, les autorités déclarent qu'elles ne toléreront plus aucun rassemblement et que tous les tirs se feront désormais à balles réelles. Le pouvoir ne peut plus étouffer les manifestations qui ont gagné tout le pays. Il ne lui reste que la terreur. Quel étonnant éclairage sur notre pays que ces deux sources d'information aussi peu fiables l'une que l'autre, que je regarde en même temps, amplifiant la schizophrénie qui frappe chacun d'entre nous depuis tant d'années.

Éblouie par l'ivresse de ces foules joyeuses que je contemple sur la Toile, je suis saisie d'une envie de me joindre à elles. D'en être, moi aussi. Non pas pour me vanter plus tard d'avoir rejoint le mouvement – comme beaucoup, au moment où tout semble déjà joué. Mais pour respirer mon pays. Il s'éveille à la liberté. Je passe un vêtement ample qui me permettra de courir. Je dévale l'escalier. J'ai l'impression d'être une adolescente. C'est certain, la foule m'embrassera et je l'embrasserai aussi. À quelques rues de chez moi, un groupe d'une centaine de personnes marche d'un bon pas en scandant le plus célèbre des slogans du moment : « Le pouvoir au peuple, le peuple au pouvoir ! » Je me joins à lui. Je me fonds en lui.

Mais je reviens vite à la réalité. Nous avons déjà été absorbés par une troupe plus importante et visiblement mieux entraînée. Des manifestants pressés me bousculent. Les révolutions ne sont pas faites pour les rêveurs. On y vocifère. Les nuances n'y ont aucune place.

Mon inquiétude a laissé place à l'exaltation. Ce partage de liberté et de révolte me fait du bien. Il n'y a pas que le régime que j'affronte. Il y a aussi toutes mes blessures. Nous croisons des manifestants marchant en sens inverse et portant pansements, bandages, béquilles. La nuit tombe et nous avançons désormais en bravant le couvre-feu. Beaucoup de murs sont tagués. Les artistes aussi font leur révolution. Avec réalisme, humour ou fantaisie. Des slogans en tout genre circulent parmi la foule, repris collectivement ou simplement inscrits sur des pancartes individuelles. Certains demandent vraiment n'importe quoi. Une nouvelle bagnole, un boulot pour un cousin, des coussins en velours pour une belle-mère rhumatisante. Le droit d'importer légalement de la cocaïne, un marché connu chez nous pour être aux mains des militaires. La demande d'interdiction de la répudiation et de la polygamie, portée par un groupe de femmes, ne rencontre aucun écho.

Des femmes, justement, je trouve qu'il y en a beaucoup dans la rue. Bien plus que la société n'en tolère d'ordinaire. De tous âges, de toutes conditions. Elles ont bravé l'interdit familial pour se rendre aux manifs. Elles portent foulards et vêtements amples. Ou bien au contraire elles mettent en valeur leurs formes. Peu importe. Elles sont ensemble, main dans la main.

Je sympathise avec l'une d'entre elles. Elle doit avoir au moins soixante ans et boite légèrement. Elle a compris avant même que je parle que j'étais néophyte dans le mouvement.

– Quarante ans que j'attends des journées comme celles-là. Boiteuse ou pas, je devais y être. Pour me débarrasser du tyran !

– Et des hommes !

– Ce sont les mêmes, non ?

Elle sourit et me prend le bras. Je crois que malgré son entrain elle fatigue un peu. Nous ralentissons le pas. Très vite nous nous tutoyons. Elle s'appelle Hind. Elle enseigne le droit à l'université. À elle aussi je mens en lui disant que je m'appelle Malika. J'évite en revanche de me faire passer pour une avocate.

– Malika, tu sais, il y a beaucoup de femmes des bidonvilles dans le mouvement. Elles n'ont pas eu besoin des réseaux sociaux pour se mobiliser. Ça fait longtemps qu'elles sont autonomes. Leurs hommes sont partis chercher ailleurs du travail. Elles s'organisent entre femmes. Leurs gosses et elles vivent dans la misère.

– S'émanciper tout en étant exploitée… Rien n'aura été épargné aux femmes.

– Elles ont toujours été les premières victimes de tout : de la paix, de la guerre, des révolutions, des religieux comme des laïques… Au fait, quand nous arriverons à la place de la Nation, surtout ne lâche jamais ma main et serre-la très fort. Il y a de plus en plus de viols.

– Sur la place ? ! Mais les manifestants sont unis par...

– Ils ne sont unis par rien. Et surtout pas par le respect des femmes. Ce ne sont pas les militants qui font ça mais les opportunistes. Ils sont là pour être du bon côté, celui qui tient le bâton. Il y a aussi des infiltrés du régime qui cherchent à nous décrédibiliser. Et des islamistes qui veulent terroriser les femmes et les décourager d'exister publiquement.

– Mais au milieu de ces dizaines de milliers de gens, ce n'est pas possible...

– Si. Ce sont souvent des groupes de jeunes hommes. Ils repèrent leur victime dans la foule. Ils l'encerclent, la séparent de ses amis et puis ils se lâchent sur elle. On a déjà recensé plus d'une dizaine de viols. Des filles ont été traînées au sol par les cheveux, violées dans une rue adjacente. Battues, parfois blessées à coups de couteau.

– Et personne ne fait rien ? !

– Si. Il y a ceux qui interviennent spontanément. Mais ils sont vite dépassés par le nombre. Plusieurs ont été blessés. Des groupes de volontaires se sont constitués. Ce sont souvent des barbus. Ils protègent uniquement les femmes voilées. Rien n'est facile, car c'est chaotique... L'un a reconnu un provocateur du régime. Un autre croit que sa femme a touché la main d'un manifestant.

Celui-là s'est fait tripoter par un autre homme. Certains se battent pour des questions politiques. Untel prétend que le vendeur de sandwichs ne lui a pas rendu sa monnaie. D'autres ont été dépouillés de leur argent, frappés sans raison apparente. Tu sais, il s'est passé tellement de choses sur cette place depuis le début des événements... J'ai vu des militaires oser demander des certificats de virginité à des manifestantes et expulser les célibataires incapables d'en fournir en considérant qu'elles étaient des prostituées. Des groupes d'islamistes les frappaient, leur crachaient dessus. Il a vraiment fallu s'organiser pour tenir tous ces fous à distance. Malheureusement, ils ne sont jamais loin.

– Et ils le seront encore moins si on arrive un jour à voter démocratiquement.

Nous rejoignons la place de la Nation, que les insurgés occupent jour et nuit depuis une dizaine de jours et qui est devenue le poumon de la révolte. Son baromètre. Ce soir, me dit Hind, il y a encore plus de monde que les jours précédents. L'excitation est partout. La tension aussi. À l'opposé de la place, des blindés et des cordons de militaires barrent l'accès aux bâtiments clés du pouvoir : le Palais, les ministères, l'Assemblée, les casernes, la banque centrale, la télévision et la radio nationales. Ils ont été regroupés dans un même quartier il y a des décennies. Le périmètre est ainsi relativement restreint et facile à défendre. Les rebelles ne s'y risquent pas. Ils ont bien essayé il y a deux jours, mais les gaz lacrymogènes, les canons à eau et les balles en caoutchouc les en ont dissuadés. Après l'annonce aujourd'hui que les militaires allaient tirer à balles réelles, personne n'a envie de transformer notre place de la Nation en place des Martyrs. Il y a peu de risque que cela arrive, cela dit. La présence massive des télévisions étrangères sur le lieu est une sorte d'assurance. Ainsi que le témoignage que le pouvoir ne contrôle plus grand-chose.

En attendant que le fruit tombe de lui-même par pourrissement, la place de la Nation est devenue une immense agora où chacun refait le monde à sa façon. C'est le lieu des fraternisations instinctives comme des bagarres spontanées. La vie s'y organise. On a dressé des toilettes publiques à la hâte. Au début, les militaires les détruisaient, désormais ils laissent faire. Eux aussi sont déjà dans l'après et veulent se salir le moins possible les mains. On monte des tentes pour dormir, des barnums pour polémiquer. On improvise des points d'eau, des distributions de café. Des vendeurs à la sauvette proposent de tout : nourriture, boissons, journaux. Il y a même des cireurs de chaussures. Les rebelles ont aménagé un hôpital de campagne pour soigner les blessés, des médecins et infirmiers bénévoles en assurent la gestion jour et nuit. Un mur des martyrs rassemble sur un grand panneau de bois les photos de celles et ceux qui n'ont pas pu être sauvés. C'est là que des familles folles d'inquiétude reprennent espoir ou s'effondrent.

Des fils électriques ont été tirés depuis des boutiques proches de la place. Certains manifestants qui dorment là depuis une semaine ont installé des téléviseurs pour ne rien perdre des événements en cours ou des matchs de foot européens. D'autres y rechargent leur téléphone portable ou leur ordinateur. Les plus politisés ont fait venir des sonos. Les leaders de tous les mouvements d'opposition s'expriment à tour de rôle. Ou en même temps. Dans un grand n'importe quoi inaudible. Certains orateurs seraient plus à leur place dans un asile. Surréaliste : un couple a décidé de se marier et multiplie les selfies au nez des militaires.

Enivrée par cette soirée, je raccompagne Hind jusqu'à la station de taxis. Elle me donne sa carte. Je prétexte ne pas en avoir sur moi. J'aurais vraiment aimé la revoir mais ce ne sera pas possible. Je saute dans le taxi suivant. La nuit est dangereuse pour une femme seule. Je me méfie même du chauffeur. Je garde ma main sur la bombe anti-agression dissimulée dans mon sac. Je me fais déposer juste à l'entrée de ma rue. Il me reste à m'inquiéter pour quelques dizaines de mètres. Je réalise soudain qu'Omar n'est plus là pour accueillir Selma. Je me précipite vers l'entrée de notre immeuble. Je grimpe l'escalier en courant. Selma s'est assoupie sur le pas de la porte.

20

Je la réveille et elle m'embrasse, ses bras serrés autour de mon cou. Nous entrons dans l'appartement. Je m'excuse. Je me garde de lui dire où j'ai passé les dernières heures. Elle me raconte une journée de collège ordinaire : une prof de sport malade, un contrôle surprise en anglais, un devoir de mathématiques à préparer pour la semaine suivante. Épuisées toutes deux, nous nous endormons rapidement.

Au matin, Selma me fait une bise sur la joue avant de partir à l'école. Je la regarde par la fenêtre gambader avec son sac d'écolière et son look de petite fille sage. Je suis fière d'elle. Je ne traîne pas, car aujourd'hui c'est le jour des uniformes. Des matinaux. Les affaires vont si mal que j'ai accepté de transiger avec mon aversion pour les policiers et les soldats. Dans notre métier, on est souvent rackettées par les galonnés. Le bakchich, c'est une sorte de sport national chez nous. Tout le monde y passe un jour. Certains, tous les jours. Pour une pute, c'est le plus sûr moyen d'éviter les tracas et d'obtenir un peu de sécurité. Les flics ont leur panoplie de prestations. Pour pas être emmerdée par eux, c'est tant. Pour avoir un passage de patrouille dans sa rue, c'est un autre prix. Pour un appel toutes les heures, afin de s'assurer que tout va bien, c'est encore un autre tarif. Etc. Par souci d'économie, certaines filles paient de leur personne. Moi, je refuse. Je préfère les rétribuer rubis sur l'ongle pour qu'ils me laissent bosser. Parce que si tu acceptes de coucher tu ouvres la porte à toutes les dérives. Les plus exotiques comme les plus douloureuses.

En ce moment les flics sont d'autant moins exigeants que leur business est aussi en berne. Et leur avenir loin d'être assuré. Ceux de mon quartier, je les connais bien. À force... Pas des mauvais types. Des pères de famille. Vu l'état de l'économie, ce n'est pas avec eux que je vais faire mon mois. Les plus humbles se contenteront d'une pipe. Peu ont les moyens de s'offrir davantage. Rien que dans la matinée j'ai asséché une dizaine de flics. Enfin ils peuvent passer entre mes mains, et moi dans les leurs. Certains attendent leur tour dans leur voiture de fonction. Par égard pour le voisinage et pour ma personne, ils se garent à deux rues de là et s'habillent en civil.

Mon rendez-vous de l'après-midi est différent. Il ne m'a bien sûr rien dit sur son grade, mais en le voyant entrer je reconnais immédiatement les manières des hommes de l'ombre. La sécurité intérieure. J'en ai eu peu comme clients. Souvent glaçants, je n'ai jamais su en les voyant quitter mon studio s'ils venaient de me baiser ou de m'interroger.

Visiblement un haut gradé. Hautain. Suffisant. Des moues austères. Il a sans doute fait pas mal de saloperies, mais il sait qu'il restera au pouvoir. Et que ce ne sont pas la société civile et la démocratie qui l'emporteront. Il a déjà négocié sa place future. Ça se ressent à son assurance inébranlable. Rien à voir avec le gouverneur. Ce grand flic-là possède probablement tellement de dossiers compromettants... Même dans les épurations, ce sont toujours les sbires qui trinquent. Les Omar. Pas les plus gradés.

Mon client est particulièrement froid. Tétanisant. Il parle peu. Masqué par ses lunettes noires, il observe d'abord longuement les environs par la fenêtre. Il me fait fermer tous les stores pour occulter les miroirs. Puis il inspecte rapidement la pièce des yeux et de la main. Mais il ne trouve pas ce qu'il cherche : les minuscules caméras. Il sort un revolver avec un silencieux. Le fourre lentement dans ma bouche, l'enfonce jusqu'à ce que je ne puisse plus respirer. De son autre main, il dessine à la lame de rasoir un sourire sous ma gorge. Une entaille très fine et peu profonde. Mais quand même suffisamment pour que la coupure saigne, que j'en garde à vie une trace ténue. Soudain il fixe la moquette murale, y devine la présence de fils cachés. Il se précipite, les découvre, les arrache, brise les caméras avec ses talons. Il ouvre sa braguette, me tire par les cheveux.

J'ai tout recraché. Il n'a pas payé. Je me suis pissée dessus. La peur. Puis les larmes.

21

À peine sous la douche, mon portable sonne. Je décroche. Je reconnais instantanément la voix de la directrice du collège de Selma.

– Excusez-moi de vous déranger, je venais prendre des nouvelles de Selma.

– Comment ça ? Ne me dites pas qu'elle a eu un accident ? !

– Mais non, pas du tout. Nous avons bien reçu votre mot d'excuse pour son absence, mais comme cela fait une semaine déjà, je craignais qu'elle n'ait quelque chose de plus grave que la grippe dont vous parlez dans votre lettre.

Je suffoque. Je ne veux pas donner à penser à la directrice que Selma a séché des cours sans m'en informer.

– Non, non, rien de grave. Elle va revenir très bientôt. Il vous manque d'autres élèves en ce moment ? Je veux dire… dans sa classe.

– Vous savez ce que c'est… Avec ces événements… Certains ne viennent pas par crainte d'incidents. À l'inverse, certains parents imprudents laissent leurs enfants participer aux manifestations.

– À leur âge ! ? Excusez-moi, mais, dans sa classe, vous croyez… ?

– C'est désolant. Nous leur assurons la meilleure éducation, mais il y a des parents inconscients.

– Mais dans sa classe…

– Selma est bien chez vous, n'est-ce pas ?

– Oui, bien sûr. Enfin, non. Cette après-midi, elle allait un peu mieux. Elle a demandé à aller chez une voisine pour travailler sur ses maths. Moi, les maths, vous savez… Mais votre appel… Du coup je m'inquiète. Est-ce qu'il n'y a pas une mère d'élève de sa classe dont vous pourriez me donner les coordonnées ? Une mère dont la fille ne serait pas en classe en ce moment ?

– Tout ce que je sais, madame, c'est que des élèves de notre collège ont été aperçus à plusieurs reprises place de la Nation.

– Place de la Nation !

– Avec ce qui s'y passe, ça agit comme un aimant sur certains d'entre eux.

– Excusez-moi, je dois vous laisser. Bonne journée.

Je quitte le studio en courant sans prendre le temps de décommander mes derniers clients. Je monte dans le premier taxi et en descends au plus près de la place de la Nation. Je cours en regardant en tous sens. Des ambulances vont et viennent. L'odeur âcre de gaz lacrymogène se dissipant me racle la gorge. Je cours toujours sans savoir où aller. Je pleure. Je porte ma main à ma bouche pour retenir mes cris. Je m'apprête à hurler « Selma ! » quand je la découvre enfin. Je reste pétrifiée. Soulagée mais vidée.

Elle est au milieu d'une dizaine de gamins de son âge. Ils rient. Ils ont l'air heureux. Épanouis. L'un d'entre eux porte une banderole repliée sur elle-même. Ça ne m'a pas frappée d'emblée mais Selma est la seule fille. Elle est assise sur les genoux d'un garçon plus vieux que les autres, d'une quinzaine d'années peut-être. Je cours vers le groupe et la gifle de toutes mes forces.

– J'apprends par ta directrice que ça fait une semaine que tu sèches les cours ! Que tu fais de faux mots d'excuse en imitant ma signature ! Tout ça pour traîner avec ces dégénérés sans cervelle et mettre ta vie en danger ! Tu veux finir comme ta grand-mère ?

Je me ravise aussitôt mais il est trop tard. Elle me lance :

– Tu veux dire comme une putain !

Je reste bouche bée. Elle ajoute :

– Comme toi ?

Je tombe à genoux sur le trottoir. Je vois Selma qui part en courant vers l'avenue. Je me relève d'un coup. Je cours après elle. Mes talons me ralentissent. J'enlève mes chaussures et je reprends ma course. Je la rattrape enfin à l'entrée d'un square. La saisis par le bras.

– Selma ! C'est quoi ces conneries sur ta grand-mère ?

– Et sur toi ? C'est pas des conneries, sur toi ?

Je ferme les yeux. Je les rouvre.

– Ça fait une semaine que tu sèches les cours ! Et en plus tu manifestes ? ! Ici. Place de la Nation. Avec tout ce qui s'y passe ! Les militaires. Les viols. Les...

– Tu ne m'as pas répondu.

– Tu sais très bien que tout ça est faux. Grave. Dégueulasse. Qui t'a dit ça ?

– Personne. Je le sais, c'est tout.

– Tu vas pas me faire le coup d'Omar. Me raconter que ces choses-là se devinent. Et puis d'abord, c'est faux. Tout ça, c'est faux !

Des badauds nous observent. Je me rends compte que des taches de sang ont perlé de ma gorge. Elles viennent s'écraser sur ma robe. Selma s'en inquiète aussitôt. Je la rassure en lui montrant que l'entaille n'est pas profonde. Elle en reste troublée. Mon visage, maintenant ma gorge. Cette fois l'excuse de l'accident ne prendra pas. Je brode à la va-vite une autre explication vaguement plausible. Elle n'insiste pas.

– Allons plus loin, Selma. Je t'en prie.

– Dis-moi la vérité sur grand-mère et toi.

– Viens, Selma. Viens, ma chérie. Sur le banc, là. Nous pourrons parler. Je te dirai ce que tu veux savoir.

Mais c'est dur. Je n'étais pas préparée. À rien, d'ailleurs. C'est qui ce garçon ?

– Un copain de Hakim. Il a des cigarettes.

– Tu fumes ? Toi, tu fumes ? !

– Mais non, maman. Juste quelques fois, avec des filles de ma classe...

Je la saisis par le col de son chemisier de collégienne et je la secoue frénétiquement.

– C'est pas vrai... Est-ce que je fume, moi ? Est-ce que je fume, moi ? !

Je la relâche.

– Non, maman. Tu fumes pas.

– Et ce garçon, tu le connais comment ?

– C'est un copain de Hakim, je t'ai dit.

– C'est pas ce que je veux dire. Je ne sais même pas qui c'est, Hakim ! Mais l'autre, là. Tu étais assise...

– Sur ses genoux ? Oh, ça, c'est rien.

– Il a au moins quinze ans...

– Dix-sept.

Je tousse nerveusement.

– Ce garçon... de dix-sept ans... je veux dire... c'est un copain ?... Un ami ?... Je trouve pas les mots. Aide-moi, Selma.

– Tu veux dire... ? Mais tu n'y penses pas, maman ! Ben non. J'ai treize ans. Je suis une bonne musulmane... On s'est juste fait des bisous.

Je deviens folle. Je sens que le sol se dérobe à nouveau sous mes pieds. Je trouve la force de rejoindre le banc un peu à l'écart de la rue et de la vue des passants. Selma s'y rassied à son tour. Je viens de prendre un immeuble de cent étages sur la tête. Mon enfant a vieilli de dix ans en cinq minutes. J'ai quitté une petite fille ce matin, je retrouve une adolescente. Une adolescente affranchie sur mon métier, celui de la mère de sa mère. Qui découvre les hommes. Qui fume. Qui sèche les cours et va risquer sa vie dans des manifs contre le pouvoir. Tout ce que j'ai construit vole en éclats. Je paie au prix fort mon silence.

– On fait rien de mal, maman. Et de toi, j'en ai parlé à personne. Je te jure. Je sais ce que les autres penseraient...

J'ai les yeux humides, la gorge sèche. Selma prend ma main et se serre contre moi. Je voudrais lui arracher la langue. J'ai juste la force de lui dire « Je t'aime ». Mais j'ai aussi besoin de savoir.

– Sur ta grand-mère et moi... qui t'a raconté ces horreurs ?

– Personne. Je t'ai suivie un matin au lieu d'aller au collège. Je suis restée devant l'immeuble où tu travailles et j'ai compris.

– Tu as compris quoi ?

– Ton travail. Le vrai.

– Comme ça ? En restant devant l'immeuble ?... Et pour ta grand-mère, tu t'es aussi imaginé ça en restant devant l'immeuble ?… Et si on se disait la vérité, toutes les deux ?

– Tu commences ?

– Je voudrais que ce soit toi, Selma, qui commences. Qui t'a dit quoi ?

Selma s'écarte un peu de moi et baisse la tête.

– Omar.

– Ce chien !

Je me lève brusquement. Je respire fort. Des larmes surgissent à nouveau. Je me rassieds sur le banc. Je prends la main de Selma. Je me mords la langue.

– Qu'est-ce qu'il t'a raconté ?

– Tout.

– Tout quoi ?

– Tu sais bien…

– Non, Selma. Non, je ne sais pas. Mais si c'est trop dur à dire pour toi, je comprendrai.

– Non. Je le peux. Je suis fière de toi. Je veux continuer mes études pour que toi aussi tu sois fière de moi. Mais dis-moi la vérité, maman. Avec tes mots.

– Quand est-ce qu'il t'a raconté des choses, Omar ?

– Il y a deux ans. Il m'a demandé comment c'était chez nous. Ce que l'on regardait comme émissions à la télé. Si des fois on recevait des gens. De la famille ou des amis.

– Et moi qui louais sa pudeur… Il n'avait pas besoin de rentrer chez nous. Quel fils de… ! Pardon, Selma.

– Il me donnait des bonbons. Pendant longtemps, je n'ai pas vraiment fait attention à ses questions. C'était comme ça. En parlant d'autre chose. Et puis, un jour, il avait l'air soucieux. Je lui ai demandé s'il était malade. Tu sais que je l'aimais beaucoup, Omar...

– Oui, je sais.

– Et toi ?

– Oui, moi aussi je l'ai beaucoup aimé...

– Il m'a dit qu'il allait bien mais qu'il s'inquiétait pour la santé d'un voisin. Tu sais, Farid...

– Le salaud !

– Pourquoi tu dis ça, maman ? Il l'aimait beaucoup, Omar. Il m'a demandé d'aller voir si tout allait bien pour lui. Il m'a demandé d'écouter à sa porte pour voir s'il avait besoin d'un médecin. Et puis il me demandait de voir si des gens venaient lui rendre visite... Parce que c'est triste d'être malade et tout seul. Je lui racontais qui venait le voir. C'était comme un jeu. Il fallait que je devine les noms des gens qu'il voyait pour savoir si c'étaient des docteurs, des amis ou de la famille à lui. Je trichais parce que, des fois, je leur demandais leur nom. Et une fois j'ai même regardé un portefeuille dans un sac. Omar m'avait montré comment le faire discrètement.

– Pitié, ne m'en dis pas plus. S'il te plaît. Ne m'en dis pas plus...

J'ai la nausée. Le Farid dont me parle Selma s'appelait Farid Sbetla. Notre voisin du quatrième. Il y a un an environ, peut-être un peu plus, il a disparu. On ne s'en est pas aperçu car il sortait très peu. C'est en voyant sa photo dans le journal que des riverains m'en ont parlé. On venait de retrouver son cadavre dans une carrière. L'article disait qu'il s'agissait d'un règlement de comptes entre militants d'extrême gauche. Mensonge d'État publié par une presse sous contrôle. Ce porc d'Omar s'était servi de ma fille pour le piéger.

Je regarde Selma. Je lui caresse les cheveux. Nous rentrons chez nous. Elle a demandé à connaître la vérité sur sa famille. Je chercherai d'abord à savoir tout ce qu'Omar lui a dit de moi et de ma mère. À lui faire dire avec ses mots ce qu'est une prostituée. Ce n'est pas facile d'être une mère. Ce n'est pas facile non plus d'être la fille d'une putain. Encore moins d'être une petite-fille de putain. Je chercherai les mots les moins blessants. J'édulcorerai tout ce que je peux pour lui préserver une part d'innocence. Je devrai pourtant lui parler des hommes. Et j'oserai lui demander ce que je n'ai pas la force de faire en cet instant. « Est-ce qu'Omar a essayé… ? » « Est-ce qu'Omar a… ? » « Est-ce qu'Omar a mis une main… ? » Ce soir, quels que soient les mots que j'emploierai, ma petite Selma ne sera plus jamais une petite fille comme les autres…

22

J'ai épargné à Selma les épisodes les plus douloureux de nos vies, à ma mère et à moi. Mais elle sait l'essentiel. L'entendre de ma propre bouche lui aura sans doute permis de se décharger du fardeau du secret. C'est aussi ce que je ressens. Je vais continuer à tromper mes voisins mais je pourrai regarder ma fille en face. J'ai hâte de tout raconter à Slimane.

Mais, avant cela, d'autres urgences. D'abord remercier Dieu. Il m'a allégée de tant de fardeaux en si peu de temps. Prendre le temps de prier. Et puis des questions plus triviales : j'ai besoin de pain et de préservatifs. La paralysie de l'économie a fait fermer bien des commerces. Ceux qui sont encore ouverts ressemblent à des coquilles vides. Pour l'essence, les taxis ont leurs combines. Mais pour le pain et les préservatifs, je n'ai pas de réseaux de distribution parallèles. Dans ce pays exsangue, chaque habitude est devenue un souvenir. On me dira que je n'ai pas le sens des priorités. Je dis que j'ai celui de la survie. Quant à la soif de liberté, elle ne rassasie pas la soif tout court. Les idéaux de fraternité s'arrêtent là où le ventre commence à se faire entendre.

Après une petite heure à tourner dans le quartier, je finis par trouver mon bonheur – pain et préservatifs – dans une auto-école. Elle fait épicerie à ses heures. C'est à des petits détails comme ceux-là qu'on reconnaît ce pays. Ce sont eux qui font son charme.

J'aurais pu tenter ma chance auprès du nouvel épicier. Omar a rapidement été remplacé en bas de chez moi. Beaucoup plus jeune que lui, celui-là a le regard haineux des islamistes frustrés mais sans complexe. Les ouvrages religieux dégueulent de ses étagères au milieu des légumes. Il se saoule à la psalmodie du Coran nasillarde et saturée émise par un lecteur de CD d'un autre âge. Il en fait profiter les riverains du matin au soir. Parfois même du soir au matin. La taille de sa barbe est inversement proportionnelle à sa capacité de réflexion. Et bien moins longue que sa propension à dénoncer ses voisins pour tout et n'importe quoi. Il est antipathique. Il le sait. Et le revendique même. Bien sûr, ses clients sont moins nombreux qu'avec Omar, mais il s'en fout. Le parti islamiste lui verse une rente pour garder un œil ouvert. On est tous au courant. Il le sait. Et le revendique même.

L'après-midi, entre deux clients, je revois enfin Slimane. Nos rendez-vous passent à la trappe, à cause de l'actualité. Le succès de son site ne se dément pas et il a la conviction de participer à quelque chose de grand. Mon poète est devenu le blogueur le plus populaire de la révolution. Certains de ses vers sont désormais scandés par les foules. J'ai insisté pour qu'on se voie. Il est très inquiet de la visite de ce type haut placé des services. Et devient livide en découvrant ma nouvelle cicatrice sous la gorge. Quand je lui parle de Selma, de ce qu'elle sait désormais, il sourit enfin à nouveau. Il me dit qu'il lui parlera. Que je peux compter sur lui, que tout ira bien.

Il m'informe aussi des dernières évolutions de la matinée. Le pouvoir serait en train de négocier sa fuite : destinations, grosses transactions en espèces, assurance qu'il n'arrivera rien aux membres de la famille restant au pays. On déplore encore des morts, notamment en province. Chaque camp s'attend à la chute imminente du régime. Beaucoup sont déjà dans l'après. Les tractations vont bon train. Tout ce qui se négociait à prix d'or change de main pour un quignon de pain. Les opportunités sont à saisir rapidement pour qui veut obtenir une place ou sauver la sienne. Chaque révolution a ses marchands de tapis.

Nous passons à des considérations plus prosaïques. Pour sa couille en moins, Slimane envisage une opération esthétique. On lui mettrait un faux testicule en silicone. Il n'a repris ses passes que depuis trois jours, faute de temps et compte tenu de ses séquelles. Impossible pour lui d'envisager des pénétrations anales, ses cicatrices sont encore trop fragiles. Certains clients adorent palper sa couille désormais orpheline. D'autres sont horrifiés en pensant que ça pourrait leur arriver. Les moins timorés se font faire le récit de la soirée où Slimane s'est fait tabasser. Il a une cuvette pour les nauséeux.

À nouveau on en revient à discuter de régime. Pas perte de poids mais cette tyrannie qui était trop grasse.

– Plus on est lourd, plus vite on chute, conclut Slimane.

Ce sont les derniers mots que j'entendrai de mon poète. Nous nous quittons.

Trois heures plus tard, alors que je viens d'essorer mon ultime client de la journée, une rumeur s'est répandue dans la ville : Slimane le blogueur a été arrêté. Torturé. Exécuté. Je panique. J'essaie de contacter un de ses amis. Moins d'une heure après, nouvelle information. Slimane serait réapparu. Pas sur le Net cette fois mais à la télévision. Je me précipite devant l'écran. Slimane est effectivement au journal de la télévision d'État. Il raconte brièvement son arrestation. Son interrogatoire ferme mais courtois. Sa libération au bout de quelques heures. Son invitation, à son grand étonnement, à venir s'exprimer sur ce plateau. Slimane parle bien. Parle juste. Il est humble. Il refuse d'être érigé en héros. Il salue la mémoire de toutes les victimes. Des deux camps. Son intervention télévisée sur la chaîne officielle confirme les informations qu'il me donnait en début d'après-midi : le régime n'est plus. Les journalistes ont choisi le parti des vainqueurs. Slimane achève sa prise de parole sur une dédicace : « à Nour et Selma ». Moi, la pute et la mère, je m'évanouis.

Le soir même, il est invité à prendre la parole place de la Nation. Le peuple l'accueille comme une star. Mon poète répond par des vers qui imposent un silence instantané et surréaliste à la foule. Aussitôt suivi de vivats ininterrompus. Je suis tout cela depuis mon appartement sur la chaîne nationale, collée à Selma. Je ne trouve plus les mots. Les larmes me font office de vocabulaire. Même si ses fans ignorent son orientation sexuelle, une pute homo est en train de se faire acclamer par des dizaines de milliers d'hommes et de femmes sur la place de la Nation et par des millions de téléspectateurs. Pour son humanité. Pour sa poésie. Ce pays est magique.

23

Il y a des périodes de la vie où toutes les planètes semblent alignées. Une personne raisonnable y puise une joie immense et goûte ce moment avec délectation. Le régime est tombé. Cette fois, c'est officiel. La télévision a fait la lecture d'un communiqué laconique dès six heures ce matin. Le président du Conseil constitutionnel est chargé de gérer les affaires courantes et d'organiser au plus tôt les premières élections vraiment démocratiques. Depuis, la ville n'est que liesse, concerts de klaxons et parades improvisées. Les images inondent le Web et les médias du monde entier.

Selma a les yeux rivés sur les écrans et commente pour moi tout ce qui se passe. Elle crevait d'envie de se joindre à cette hystérie collective avec ses copines. J'ai dit « non ». Fermement. Elle a râlé, piaffé, trépigné et finalement accepté ma décision. Je devrais être avec elle, dehors, au milieu de l'euphorie populaire. Un événement qu'on ne vit peut-être qu'une fois dans sa vie. Immanquable. Mais je n'en ai pas le cœur. Cette conjonction de bonnes nouvelles, exceptionnelles, féériques, me plonge dans une profonde mélancolie. Comme si ces instants ne pouvaient qu'annoncer des lendemains qui déchantent. Et qui déchanteront effroyablement.

Je comprends l'exaltation de Selma. Elle a raison. Mais, à force de m'interdire le bonheur, Dieu, je crois, a définitivement tué en moi toute capacité à penser que la félicité puisse exister un jour.

Je n'arrive pas à me débarrasser de ce sentiment. Alors je vais faire mes ablutions. Je m'incline en direction de La Mecque. Ma prière terminée, je saisis mon chapelet et je l'égraine machinalement en laissant mon esprit voguer. Un spleen cafardeux. Je m'adresse à Dieu comme à un camarade. N'est-il pas une vieille connaissance ?

– Je te remercie pour tout ce que tu offres à notre pays, à ses habitants. Fais que nous en fassions bon usage. Je te remercie d'avoir préservé Selma de tout ce qui m'avait salie et humiliée à son âge. Je t'ai insulté pour avoir laissé ces monstres s'en prendre à la petite fille innocente que j'étais. Et pour avoir fait de moi cet être qui n'arrive toujours pas à regarder sa vie en face. Qui se dégoûte et se reproche de vivre. Seigneur, les choses n'ont jamais été simples entre toi et moi. D'ailleurs, est-ce que je peux te dire : « Mon Dieu » ? On est restés si longtemps étrangers l'un à l'autre. Je t'en ai voulu. Tu me connais. Tu sais que je t'en veux encore. Si tu es vraiment le Maître de tout, si c'est toi qui décides de notre destin, comment pourrais-je faire ta louange ? Qu'ai-je fait pour mériter cela ? Qu'a fait une petite fille de huit ans pour être obligée de tuer ses petits frères dans le ventre de sa mère ? Et tout le reste... Comment pourrais-je te dire, le cœur léger et sincère : « Merci, mon Dieu, pour la vie cauchemardesque que tu m'as réservée » ? Je n'y arrive pas. Pas encore. Du fond de ma condition, j'ai beaucoup réfléchi. Tu es au sommet de la pyramide, tout « là-haut ». Moi, je suis « en bas ». Certains sont même plus bas que moi. D'autres sont mieux positionnés. C'est toi qui les as mis là. Ou bien se sont-ils fait leur place eux-mêmes sans que tu y trouves à redire ? Je crois que cette pyramide est une impasse. Car si tu n'étais pas « là-haut », y aurait-il un « en bas » ? Cet ordre des choses, divin ou non, il faut le détruire. Je n'y trouve pas ma place. Je ne désire pas faire partie de ta Cour. Je suis peut-être une putain mais pas une courtisane. Ni de Dieu, ni des hommes. Je suis libre, comme tu m'as faite. Une femme enfermée dans une prison dominée par des mâles. De la naissance à la mort, nous n'avons pas d'autre vocation que de servir nos maîtres de droit divin : père, frères, oncles, époux. Califes et muftis maintiennent l'étau serré. Si peu de femmes se rebellent. Gamines puis épouses maltraitées, la plupart d'entre elles se vengent sur leurs filles. Leurs fils sont éduqués comme des princes. Ils ont autorité sur leurs sœurs, même aînées. Ce sont elles qui veillent au maintien de l'ordre établi. Elles les premières à jeter la pierre à la femme adultère et à la prostituée. Ce sont elles les gardiennes du temple. Tu le vois, mon Dieu, aujourd'hui je te prie tête nue. Par respect pour toi comme pour moi. Ma chevelure je la laisse libre pour mieux t'honorer. Elle est ta création, pas une provocation de ma part. Certains croient t'aimer parce qu'ils te craignent. Ils se trompent et s'égarent. On ne peut aimer ce que l'on craint.

Je suis revenue dans le salon. Selma n'a pas quitté les écrans des yeux. Elle zappe d'une chaîne à l'autre. D'un site à l'autre sur son téléphone. Je lis dans son regard son émerveillement, le désarroi de ne pas y être. Elle respire un grand coup, hausse les épaules.

– Je t'aime, maman. Mais je voudrais tellement être là-bas !

Sa moue désabusée m'arrache un sourire, me fait vaciller dans mes certitudes et mes idées noires.

– Allez, d'accord, on y va.

Nous arpentons les avenues tout au long de la nuit. Ça me fait du bien de voir ces visages éclairés, épanouis, fraternels. De découvrir tout ce qui était inimaginable il y a quelques heures encore : de jeunes garçons et filles s'embrassant à pleine bouche, sans une once d'inquiétude ; des femmes agissant de même sous le regard réprobateur de musulmanes interloquées ; des artistes taguant des maximes colorées sur les bâtiments administratifs les plus austères ; des groupes éméchés déchirant les portraits géants de leaders en fuite. Mais nous croisons aussi des milliers d'hommes et de femmes scandant le poing levé des versets du Coran. Tels des slogans d'un ordre nouveau. Demain est déjà là. Dans toute sa sauvagerie.

– Regarde !

À l'angle d'une rue, Selma vient d'apercevoir un petit attroupement devant un grand écran placé sur le trottoir. Une télévision retransmet une intervention de Slimane face à une foule immense : « Notre pays vient d'entrer dans l'Histoire et notre dictateur d'en sortir ! Après trente ans de règne sans partage, le voilà qui s'enfuit comme un voleur ! À l'heure où je vous parle, le voleur vole encore, mais cette fois dans son jet privé. La révolution a mis fin à sa faim de pouvoir. Hier, le pays et son avenir lui appartenaient. Aujourd'hui c'est lui qui appartient au passé du pays. Après des jours de silence, le Palais a bien été forcé de confirmer son départ et celui des trois mille sept cent cinquante-deux membres de sa famille. Il se dit qu'il a aussi quitté le pays avec beaucoup d'argent et de lingots d'or pour se payer les meilleurs cancérologues du pays frère qui lui a dit : “Salut, cousin !” » Sa harangue est saluée par des « *Allahou akbar !* ».

Le sentiment de liberté qui se dégage d'un lendemain de révolution est difficile à définir. S'il a quelque chose de l'ivresse, il est aussi d'une naïveté désarmante. La lucidité n'y a pas sa place. Elle passe pour du scepticisme. Les deux sentiments cohabitent en moi. La liberté se loge dans le moindre atome de mon corps et m'amène à un état proche de l'orgasme.

En attendant que l'Histoire nous fixe rendez-vous pour la gueule de bois du siècle, nous vivons les jours les plus grisants de l'entre-deux-rounds. La culture donne le tempo. Les rêves d'un peuple s'incarnent dans les concerts, les chants, les danses, les expos photo, les performances, les tags, les fresques et les œuvres plastiques de toutes sortes qui poussent comme des champignons aux endroits les plus inattendus. Les lectures publiques, les forums de discussion qui s'organisent partout portent à croire qu'une douce anarchie va transformer ce pays en paradis terrestre.

Le ministère de l'Intérieur a été ravagé par le feu. Chacun sait que ce sont les fonctionnaires de police eux-mêmes qui ont tout aspergé d'essence. Ils ont très peu de jours pour faire disparaître toute trace de leurs malversations : pots-de-vin, rackets, vols, prostitution, arrestations arbitraires, tortures, exécutions sommaires. Les centaines de milliers de citoyens qui leur ont livré des informations ou ont dénoncé des personnes prient pour que leur nom soit parti en fumée. Moi, je n'ai communiqué que quelques informations secondaires. Mais je sais que les concernés pourraient me le faire payer.

La période est propice aux règlements de comptes. Il y a bien sûr les Omar qui paient leur bonne entente avec l'ancien régime. Et, au sein même de l'appareil d'État, des rééquilibrages se font dans le sang. Les généraux qui contrôlaient chacun un pan de l'économie nationale profitent de la période pour élargir leur zone d'influence. Les moins ambitieux en font les frais : on a déjà retrouvé deux cadavres parmi eux. Entre la police et l'armée, ça s'affronte aussi. Durant la dernière décennie, les flics ont pris une importance exagérée aux yeux des militaires. Au quotidien, les soldats avaient peu de contact avec la population. L'extorsion de fonds des citoyens ordinaires était surtout le fait de la police. Elle est honnie par le peuple. Plusieurs de ses hauts cadres ont connu une mort violente. On accuse la foule, mais le sang est sur les mains de quelques militaires.

En attendant, Slimane collectionne les fêtes et en récolte quelques revenus appréciables. Une productrice de la télé nationale lui a même proposé d'animer une émission. Les islamistes, déjà bien implantés dans la chaîne, ont mis leur veto. La productrice, qui n'avait d'yeux que pour l'Audimat, a été limogée. Elle a retrouvé aussitôt un poste chez Al-Jazeera, où les bécasses à talons hauts et tailleur serré, formatées au marketing de masse, sont déjà légion.

Slimane a acheté une décapotable en leasing. Je ne pense qu'à Selma. Qui petit à petit est aspirée par la liberté incarnée que représente à ses yeux Slimane, devenu son héros. Tout comme il est celui de ma vie. Slimane, qui paiera à n'en pas douter le prix fort lorsque les feux de la rampe s'éteindront. J'essaie de le raisonner. De le pousser à la mesure et à la discrétion. Les islamistes sortent de l'ombre. Et ils n'aiment pas les poètes. Ni les hommes libres. Les élections ont été fixées pour dans trois semaines. Je ne me fais aucune illusion sur les résultats.

En attendant, les affaires ont repris pour moi aussi. Ceux qui ont eu peur de tout perdre et ont finalement gardé leur tête et leurs biens viennent vider leur trop-plein de trouille. Et les nouveaux venus, qui veulent faire rimer révolution et libération sexuelle, viennent s'en payer une tranche en avant-première dans mon studio. Mes séances de « rééducation » d'Amine ont l'air de fonctionner. Il paraît maintenant très à son affaire avec les femmes. Il me rapporte qu'il prend du bon temps avec ses maîtresses. Je ne suis pas psychologue ni psychiatre, pourtant je suis très inquiète pour lui. Ses parents jouent le jeu de l'islam par appât du gain. Lui semble réellement et sincèrement adhérer à l'utopie islamiste. Ce pays est désespérément prévisible.

Je ne sais pas ce qu'Amine a raconté de nos séances à son père, mais celui-ci est également devenu un habitué. Plus surprenant, cela a donné aussi des idées à sa mère. Sous prétexte de prendre auprès de moi des nouvelles des progrès de son fils, la génitrice règle ses comptes avec les aventures de son mari. Je reçois ainsi des volées de badine au nom de toutes ses maîtresses. Cette famille est la plus mal assortie que je connaisse. La soif d'argent est son ciment. Sa libido mon assurance chômage.

La campagne électorale bat son plein. Difficile d'échapper aux haut-parleurs, scandant des slogans habiles ou exécrables, vissés sur les toits des estafettes qui circulent dans tout le pays. À la télé, les débats font la part belle aux islamistes. Rares sont les imams ou les théologiens autorisés à les contredire sur les chaînes. Sur le Net, les démocrates font une campagne qui met bien plus en exergue leurs divisions que leur programme. Le retour de bâton approche à grands pas. Slimane tente de concilier la tenue de son blog avec des bacchanales de plus en plus tardives. Il ne semble rien voir venir. Ce vendredi, il a accepté de s'accorder un peu de répit avec moi.

Slimane arrive à mon studio alors que la télé est allumée. Je suis les informations, qui diffusent quasiment en continu des prêches enfiévrés de candidats islamistes ponctuant leurs diatribes de promesse d'enfer pour tous leurs opposants. Les femmes ne sont pas en reste. Ce sont souvent les plus virulentes. Derrière les hijabs immaculés et rageurs se cachent fréquemment des âmes répugnantes. Slimane s'assied à côté de moi et me tient la main. Le journal s'ouvre sur un événement tragique. Deux femmes dont les voisins ont dénoncé les ébats saphiques ont été lynchées par des fidèles après la grande prière. Défenestrées, lapidées puis pendues par un pied à un mât. Les chaînes arabes ne sont pas avares d'images abjectes. Pétrifiée par la nouvelle, je ne peux m'empêcher de regarder ces corps tournoyant sur eux-mêmes. Le plan serré sur leurs visages m'horrifie. Habiba. Cette jeune étudiante.

Je vais vomir dans la salle de bains. Slimane me rejoint, soulève ma tête et me caresse le visage.

– Tu les connaissais, Nour ?

– La plus jeune. Une gamine…

– Cela lui a coûté la vie.

– J'en peux plus, Slimane… Elle avait à peine dix-huit ans. Comme Nejma.

– La jeune prostituée dont tu m'avais parlé ? Celle qui s'est ouvert les veines ?

– Oui. Il faut que je vive. Pour Selma. Pour toi. Mais c'est si dur…

Slimane me prend dans ses bras et me serre contre lui.

– Mon poète, tu as changé ces dernières semaines. Tu ne vois plus ce qui se passe. Nous avons chassé un tyran. Ceux-là iront encore plus loin.

– La société ne va pas reculer. Ils ne peuvent plus rien contre l'évolution des mentalités. C'est pour ça qu'ils utilisent la violence. C'est l'aveu même de leur échec.

– Tu te trompes. Les élections vont les porter au pouvoir. Ils ont déjà tout arrangé avec les anciens du régime. L'islam apaisé que notre pays a connu autrefois n'a plus grand-chose à voir avec cet islam importé.

– Il y a le débat électoral pour rétablir la vérité. Ce que je fais sur mon blog. Les centaines de milliers de personnes qui me suivent tous les jours.

– C'est plus facile de faire la révolution que de mettre en place une vraie démocratie. Ça prendra des décennies, si ce n'est davantage. Aujourd'hui, c'est si difficile pour les électeurs de s'y retrouver. Tous prétendent détenir la vérité. Et, à ce jeu-là, ce sont les menteurs les plus aguerris qui gagneront.

– Les islamistes.

– Oui, les islamistes. Ils promettent d'incarner la vertu publique. Quelle ironie… Soyons réalistes. Il faut que tu fuies à l'étranger pendant qu'il en est encore temps. Tu as de l'argent en ce moment, profites-en.

– Ils n'oseront pas me toucher.

– Avant les élections, peut-être. Mais après leur victoire… Tu ne seras jamais à l'abri.

– Et toi, Nour ?

– On a toujours besoin de putes. Quel que soit le régime. Et si ça marche bien pour toi à l'étranger, tu pourras nous faire venir, Selma et moi.

24

Trois semaines plus tard, les islamistes remportaient les élections avec près de quatre-vingts pour cent des voix. Les démocrates ont voté pour le paradis et récolté l'enfer. Après avoir digéré – mal – la défaite, Slimane s'est lancé dans une nouvelle bataille. Mon poète a repris son blog pour y dénoncer le recul des libertés publiques, la collusion entre militaires et islamistes, le retour aux affaires des gueules bien connues de l'ancien régime. Plusieurs intellectuels et artistes ont été assassinés. Slimane se croit toujours intouchable. Par sécurité pour Selma et moi, je ne le vois plus depuis deux mois. Pour ne pas sombrer dans la dépression, on finit par accepter l'inacceptable.

Je reçois toujours Amine pour sa « thérapie ». Il abuse de moi avec entrain et prend même le temps de parler. Il me vante son chiffre d'affaires en hausse constante et ponctue ses phrases de références à un Allah vengeur qui va bientôt remettre de l'ordre sur Terre. Je m'inquiète pour ce nouveau penchant et en ai touché quelques mots à ses parents, qui continuent eux aussi de louer mes services. Ils ne voient pas malice dans la nouvelle posture religieuse d'Amine, mais un astucieux positionnement commercial. Ce ne sera pas le seul dans ce cas. Le recyclage des anciens du régime est largement enclenché. Ceux qui hier encore louaient les vertus de la laïcité et faisaient leurs ablutions au whisky se sont découvert une foi insoupçonnée. L'islam est leur nouveau credo. Allah est désormais grand à leurs yeux. Et partout on fait des affaires.

J'attends un nouveau client. Je n'ai pas aimé sa voix au téléphone. Une voix qu'il me semble connaître sans que j'aie pu l'identifier. L'homme est recommandé par l'ancien gouverneur, dont on annonce le retour triomphal dans quelques jours. J'ai compris le message : les coups de cravache seront sa jouissance.

On sonne impatiemment à la porte. Dans le judas, je le reconnais aussitôt. C'est Osmane, le chef de file de la plus radicale des franges islamistes arrivées au pouvoir. Dans ses prêches enflammés à l'Assemblée nationale, il vilipende tous ceux et surtout toutes celles dont les mœurs lui paraissent dissolues.

Au fond, je ne sais pas bien pourquoi on le dit « islamiste ». Une araignée dans le plafond, voilà sa religion. Lui et les siens pillent et compilent le Coran sans vergogne. Ils n'en retiennent que l'incitation à trancher les membres impies. Ce ne sont pas des attardés. Plutôt des barbares. Osmane est un requin mangeur d'hommes et surtout de femmes. Je crois qu'il vient me baiser parce que sa femme n'est pour lui qu'une matrice à reproduire des musulmans. Rien de plus. Pour son plaisir, il s'offre une esclave. Islamistes et militaires sont main dans la main. Mon lit en témoigne. Les voilà, les nouveaux maîtres.

Quand il s'agit de son bon plaisir, la prostitution c'est halal... Osmane sait que je l'ai reconnu. De mon côté, je suis consciente que si je parle un jour, lui ou l'un des siens me tuera. L'hypocrisie est de toutes les religions, de toutes les obédiences, de toutes les idéologies. Le silence, son complice. Ce barbu crasseux d'Osmane frappe encore plus fort que monsieur le gouverneur. Une violence pure. Il n'a pour moi que des mots blessants, infamants. Sans relief. Son champ lexical est un lopin de terre aride.

Osmane refuse de mettre une capote. Je n'ai pas l'autorité suffisante pour le faire obtempérer. Une fois pourtant j'ai senti qu'il aurait pu être sensible à mes arguments. Après s'être repu de mon corps, il a entrevu mon foulard, mon tapis de prière et mon chapelet par la porte de la salle de bains restée entrouverte. Pour la première fois il m'a perçue non pas seulement comme une prostituée mais comme une musulmane. Ça l'a déconcerté. Il a eu soudain le sentiment de commettre un péché. Se taper une femme priant Dieu l'a effrayé. Il a voulu comprendre comment une croyante pouvait se livrer à une telle activité. On a pu parler.

Découvrir qu'Osmane pouvait exprimer autre chose que de la brutalité et de la bêtise m'a redonné une certaine forme de quiétude. Sans doute ce besoin d'humaniser un minimum ceux qui me baisent contre de l'argent… En dehors de Slimane et de Selma, je ne m'étais jamais ouverte à personne de mon histoire personnelle. Osmane a été sincèrement attendri par mon parcours. Il a réellement cherché des solutions pour me faire quitter cette vie de passes. Il m'a parlé d'une association de femmes musulmanes qui aidaient les prostituées à s'en sortir. Mais ma réticence à abandonner un statut me garantissant une relative stabilité financière l'a finalement convaincu qu'Allah avait fait le choix le plus pertinent pour ma destinée.

Il m'a certes aussi parlé de spiritualité, mais comme il pouvait en parler à la pute que je suis. Il m'a expliqué pourquoi il ne mettait pas de capote. Parce que son sperme, estimait-il, était purifié par Dieu. Et constituait ainsi ma meilleure chance d'être purifiée à mon tour. Sur ce, il a eu une nouvelle érection et a revisité avec frénésie tous mes orifices. Et Dieu laisse faire.

C'est ainsi que peu à peu tout est rentré dans l'ordre. Les puissances occidentales ont continué à piller le pays avec la complicité grassement rémunérée des militaires et des islamistes. La stabilité est bonne pour mes affaires et pour celles de tous les entrepreneurs. Les riches sont devenus encore plus riches. Les pauvres encore plus pauvres. Les tyrans encore plus tyranniques. Les sceptiques encore plus sceptiques. Et les poètes ?

25

Tout aurait pu continuer ainsi. J'aurais vieilli doucement. Le nombre de mes clients aurait réduit avec l'âge mais j'aurais conservé quelques fidèles, passés de mode eux aussi, qui m'auraient assuré une modeste retraite. Selma aurait achevé ses études et serait devenue une avocate, une journaliste politique ou un médecin réputé. J'aurais petit à petit remis mon âme entre les mains de Dieu. En tentant de la purifier par des prières de plus en plus nombreuses et appuyées.

De son côté, mon pays allait à n'en pas douter vivre une nouvelle période de prospérité... pour les plus riches. Le pouvoir laisserait l'opposition s'exprimer un minimum. À la fois pour rassurer les agités des droits de l'homme et pour que la société ait le sentiment confus qu'un semblant de vie démocratique existait ici. Comme une bouffée d'oxygène que l'on s'accorde de temps à autre. Comme un trompe-l'œil.

Mais ce n'est pas la posture spontanée des nouveaux convertis à l'islamisme.

Un soir, quelques-uns des nouveaux amis à barbe et djellaba qu'Amine fréquente désormais se sont moqués de lui en évoquant une rumeur. Amine a ravalé sa fierté et n'a pas réagi. Mais au réveil, submergé par un torrent de honte irrépressible, il s'est senti une vocation de redresseur de torts. La suite est moins drôle. Elle est dramatique.

Slimane a depuis des semaines franchi la ligne rouge. Il ne manque jamais une occasion de railler le nouveau pouvoir, ses décisions ineptes et la corruption rampante des barbus. « Un changement réel ne peut venir que de la base. Tout ce que nous avons réussi à obtenir par notre révolution, c'est à faire tourner notre société de trois cent soixante degrés. Et nous nous retrouvons au même point qu'hier. » Ses analyses et ses traits d'esprit heurtent de plus en plus en haut lieu. Le soutien populaire dont il jouissait s'est rapidement étiolé sans pour autant disparaître. Je crains pour lui, pour sa vie. Et si le pouvoir avait envisagé de l'éliminer ? Il a essayé de le corrompre sans succès et le laisse encore pratiquer ses passes, mais l'idée d'une élimination par un groupuscule soutenu en sous-main par le nouveau régime semble faire l'unanimité au ministère de l'Intérieur.

Osmane a trouvé en Amine un allié de choix. Ce dernier a convaincu un groupe de jeunes adeptes de passer à l'action. Au nom de la sacro-sainte religion musulmane. Et de sa haine de l'homosexualité. Chacun est persuadé d'agir au nom de Dieu, pour Dieu, avec l'aide de Dieu, dans la voie de Dieu. Toute sacralisation est un blasphème. La sacralisation de la violence est la pire de toutes.

Avant-hier, quelqu'un a glissé une lettre sous ma porte. En l'ouvrant j'ai compris qu'il s'agissait d'un ami de Slimane. Probablement Anouar. J'ai reconnu l'écriture de mon poète :

> *Ma Nour, mon étoile endormie. Ma dernière intervention à la radio m'a valu des menaces terribles. Mais ne t'inquiète pas pour moi, je suis en sécurité, chez des amis. Ces enragés pensent nous faire taire. Mais notre heure est venue. L'heure d'être, d'aimer, d'espérer. D'éclabousser de nos rêves une réalité qu'on nous a imposée, une réalité qui nous a niés, toi, moi, tous les petits, le peuple oublié. On ne laissera pas les fous de Dieu soutenir que notre dernière heure a sonné. Non, pour nous, ce n'est que le début. Le réveil après un long sommeil. Cette douceur du ciel qu'on a tant guettée, on ne va pas la leur laisser, non. Je le refuse. Et si toi tu n'y crois pas, alors j'y croirai pour deux. Pour vivre, ma Nour, tels que nous sommes. Sans interdits. Nous connaissons l'étendue de leur hypocrisie, nous accueillons toi et moi dans nos bras, entre nos jambes, tous leurs mensonges. Mais nous, nous refusons de nous soumettre à ces mensonges, de vivre*

dans la honte, cachés. Nous nous sommes battus pour la liberté et nous n'allons pas capituler. J'ai besoin de te voir, de savoir que tu crois en ma lutte, qu'elle est aussi tienne. Tu es mon lien le plus fort au Vrai, car avec toi je ne me suis jamais caché. Et j'espère l'être aussi pour toi, une part de Vrai. Viens me rejoindre dans deux jours dans un lieu qu'Anouar t'indiquera, reprenons cette habitude de nous retrouver pour ces moments où l'on renaît d'entre ces cendres qui nous entourent. J'ai besoin de ces moments. Besoin de te voir.

Je t'aime. Slimane

Dans deux jours… Mon poète me manque. Je suis inquiète pour lui. Le temps va me sembler long.

J'occupe la journée qui me sépare de notre rendez-vous comme je peux. Avec fébrilité. L'excitation m'empêche de trouver le sommeil. Je me vautre devant la télé. Les images d'un direct attirent aussitôt mon attention. Torches allumées, marchant à vive allure, on y voit un groupe d'une centaine de barbus scander des slogans hostiles aux homosexuels. À leur tête, Osmane et Amine. Je reconnais ces ruelles. Ce sont celles qui mènent au Chicago Blues, que les islamistes n'ont pas encore eu le temps de faire fermer.

Les occupants se sont barricadés à l'intérieur. Un cordon de policiers s'interpose entre les barbus et le

Chicago Blues. Sur le toit de la boîte de nuit, Slimane vient d'apparaître. Il domine les assaillants en contrebas.

– Messieurs, ou devrais-je dire… mes frères ? J'ouvre le débat. Vieux comme le monde, en vérité. Mais pas démodé. Un peu comme l'idée de Dieu. La liberté d'exister va-t-elle enfin être reconnue au peuple de l'ombre, ce petit peuple auquel j'appartiens ? Avec fierté. Avec amour. Avec souffrance aussi. La révolution – notre révolution – nous aura-t-elle permis, à nous les hommes qui aimons les hommes, de vivre enfin, sans avoir le sentiment que nous sommes mauvais, que nous sommes impies, que nous sommes condamnés ? Moi, je veux vivre libre. Je ne veux plus vivre dans l'angoisse. Celle de me trahir par un regard trouble, un geste déplacé, un mot équivoque. Je ne veux plus être obligé d'être hypocrite. N'est-ce pas, Amine ? Tu te souviens ? Tu as honte maintenant. Tu veux nous immoler pour laver ton âme ? Continue de te cacher si tu veux. Moi je ne me cacherai plus. Je ne cacherai plus qui je suis. La révolution m'a mis en lumière. Mais j'ai dû cacher ma préférence pour les hommes. Raser tous ces murs qui nous enferment dans l'illusion d'un honneur sauvegardé. Je fais désormais face à ce pauvre Amine, qui est venu ce soir pour me voir mourir. Peut-être pour mettre lui-même fin à mes jours. Après ce que nous avons partagé. Tu as aimé poser ta bouche sur mon sexe. Tu as été heureux avec moi, Amine.

Slimane vient de signer son arrêt de mort. Amine ne lui pardonnera jamais. Les directs télévisés mettent à nu nos vies. Slimane reprend son plaidoyer :

– Vous, policiers, n'êtes pas en reste. Ces gamins dont le seul crime est d'avoir faim sont toujours des proies faciles. L'autorité qui vous a été accordée légitime tous les abus, pensez-vous. Quant à moi… ma famille aurait pu être mon sanctuaire. Mais, familles, je vous aime et je vous hais. Vous nous avez donné, à nous vos enfants, l'amour sans jamais le nommer. Comme si la tendresse était une faiblesse, une déficience, une lâcheté. Vous nous avez appris à taire nos sentiments, à contenir nos rires, à rougir de nos larmes, à nous contrôler, nous maîtriser, dompter nos enthousiasmes, rentrer dans le rang. Comment aimer, comment vivre parmi vous ? Comment exister dans un monde d'interdits ? Comment devenir ce que l'on est quand vous nous contraignez à devenir ce que l'on hait ? Tout ce qui vit vous empêche de respirer. Même l'élan d'une jeune fille vous étouffe ! Ma sœur, je parle de ma sœur chérie, que vous avez mariée si jeune ! Vous lui avez volé sa vie ! Il a violé ses rêves. Et vous vous sentez fiers ! Vous ne voyez pas le vide dans ses yeux, vous ne voulez qu'admirer son foulard pieux. C'est aussi pour elle que je me bats aujourd'hui. Pour elle et pour toutes ses sœurs meurtries dont la vie a été usurpée. Ma sœur chérie, elle porte le foulard désormais, mais elle m'a insufflé son énergie perdue, elle me l'a confiée comme un flambeau. Même si je dois m'y brûler. Je préfère ses flammes à votre bûcher. La religion aurait pu être notre refuge à tous. Mais vous avez fait de notre spiritualité un catéchisme castrateur, mortifère, que l'on répète comme une leçon trop bien apprise. Et à présent son masque le plus atroce répand son souffle. L'intolérance, la violence, la misogynie prennent le visage de l'Islam. Dévorent nos enfants.

Slimane commence à avoir du mal à trouver ses mots. Il paraît exténué. Il trouve cependant suffisamment de force pour reprendre une posture altière.

– Moi, aujourd'hui, debout dans ce chaos, je vous le dis sans honte : j'aime les hommes. Car ils sont une lumière qui donne sens à ma vie. J'aime sentir leur peau contre la mienne. J'aime sentir leur sexe durcir sous ma langue. J'aime leur tendresse. Cette tendresse dont vous êtes dépourvus. Cette tendresse a raison de toutes les haines. Elle ressuscite en moi à chaque instant la bienveillance d'Allah. Islamistes, vous n'aimez pas le mélange des genres. Pourtant je vous le dis, vous êtes dans mes prières. J'invoque Allah pour qu'il vous guide. Celui qui efface nos fautes, nous rend à la vie et fait de nous des êtres de lumière. Cette même lumière qu'exhalent les prostituées. Dans leurs sombres cachots, ballottées de bras en bras, de cuisses en cuisses, elles préservent les secrets de notre humanité. Elles préparent notre avenir.

Car en elles la lumière d'Allah ne meurt pas. Islamistes, vous n'aimez pas le mélange des genres.

Des cris de haine s'élèvent de la foule barbue qui s'impatiente, torche et poignard à la main. Le journaliste de la chaîne annonce que dans différents quartiers de la ville des groupes de pro- et d'anti-Slimane se forment et convergent vers le Chicago Blues. Slimane achève son baroud d'honneur :

– Je suis homo, mais vous savez qui est la personne que j'aime le plus au monde ? Celle qui m'a fait croire plus que quiconque en l'amour pur, celui qui vous donne des ailes et vous pousse à vous réaliser au-delà de vos limites ? Celle qui a peur pour moi mais accepte d'avoir peur pour que je puisse vivre ce que je dois vivre ? Eh bien c'est une pute. Une femme qui vend son corps. Et je l'aime. C'est une pute et c'est la plus noble et la plus belle des femmes. Elle est bien plus proche d'Allah que vous tous réunis. Vous ne comprendrez jamais ça.

Les dernières phrases de Slimane ont achevé de me retourner le sang. Je regarde Selma endormie. Je l'embrasse. Elle remue doucement. Je ferme délicatement la porte de sa chambre. Je passe un pardessus et je sors. Je hèle un taxi.

Dix minutes plus tard, je suis à quelques centaines de mètres du Chicago Blues. Il est en flammes. Une foule importante se presse autour. En monte un mélange de clameurs, d'éclats de voix, de cris et de gémissements.

On se bat aux abords du bar qui se consume. Les policiers se sont mis en retrait et se contentent d'observer la scène.

Je hurle le nom de Slimane. Je traverse la foule avec difficulté. La fumée m'étouffe. Je cours. Je retourne des corps pour voir leur visage. L'air devient de plus en plus irrespirable. Je vois des chiens qui s'acharnent… Je n'arrive pas à distinguer ce qui les excite mais je reconnais Amine et Osmane. Ils rient aux éclats, des démons, la bouche grande ouverte. Des barbus hurlent autour d'un corps à terre :

– Va rôtir en enfer, sale homo !

Ma respiration s'accélère. Le sang frappe mes tempes. Le temps s'arrête. Slimane gît au sol. Une mare de sang. On lui a crevé les yeux. Arraché la langue. Il n'est plus que viscères se répandant sur le trottoir, que se disputent ces chiens faméliques. Je les chasse à coups de pierres, de pied, de larmes.

Osmane m'aperçoit. Son expression change d'un coup. Il me fixe. Je ne sais pas qui il voit en moi en cet instant. La pute ou la musulmane ? Son visage se radoucit. Il esquisse un sourire incertain. Lui aussi aurait pu être autre chose. Quelqu'un de bien. Amine hurle :

– C'est la pute du blogueur !

Des ombres me bousculent en brandissant le Coran. On me saisit par les épaules. On me pousse vers Osmane. Il semble hésiter. On profère des injures dont je ne comprends pas le sens. Les « *Allahou akbar !* », « pute » et « salope » ponctuent la messe noire. On vocifère autour d'Osmane. On l'exhorte. Il ne tient plus une cravache mais un couteau de boucher. Amine le secoue :

– Vas-y, Osmane ! C'est la pute du blogueur !

Osmane ferme les yeux. Les rouvre. Je serai son mouton de l'Aïd. L'enfant d'Abraham au féminin. Sacrifiée sur l'autel pour expier ses fautes, celles d'Amine et de tant d'autres. Il me tire violemment par les cheveux. Je lui offre ma gorge.

– Allah, j'accepte mon destin. Je me présente humblement à toi.

Une vive douleur fait trembler tout mon corps. Un liquide rougeâtre gicle sur mon visage. Je cherche de l'air. Mon meurtrier est un client. Je retombe lourdement sur Slimane. J'ai la force de saisir sa main. De fermer les yeux et d'imaginer ma fille. Je remercie Dieu de me l'avoir donnée. Putain de vie.

Du même auteur

Nous avons tant de choses à nous dire
Pour un vrai dialogue entre chrétiens et musulmans
(avec Christian Delorme)
Albin Michel, 1997 ; coll. « Espaces libres », 1998

Les Nouveaux Penseurs de l'islam
Albin Michel, 2004 ; coll. « Espaces libres », 2008

Mohammed Arkoun.
La Construction humaine de l'islam
Itinéraires du savoir
(entretiens avec Rachid Benzine et Jean-Louis Schlegel)
Albin Michel, 2012

La République, l'Église et l'islam
Une révolution française
(avec Christian Delorme)
Bayard, 2016

Le Coran expliqué aux jeunes
Seuil, 2013 ; nouvelle éd. augmentée, 2016

Nour, pourquoi n'ai-je rien vu venir ?
Seuil, 2016
et sous le titre Lettres à Nour
Points, 2019

Finalement, il y a quoi dans le Coran ?
(avec Ismaël Saidi)
La Boîte à Pandore, 2017

Des mille et une façons d'être juif ou musulman
Dialogue
(avec Delphine Horvilleur)
Seuil, 2017 ; Points, 2019

Ainsi parlait ma mère
Seuil, 2020

RÉALISATION : NORD COMPO À VILLENEUVE-D'ASCQ
ACHEVÉ D'IMPRIMER SUR ROTO-PAGE
PAR L'IMPRIMERIE FLOCH, À MAYENNE
DÉPÔT LÉGAL : AOÛT 2020. N° 143327-2 (96662)
– Imprimé en France –